Widar Aspeli wurde 1956 geboren. Er arbeitete als Musiker, Lehrer und Sozialtherapeut in der Kinder- und Jugendpsychiatrie. Heute ist er freiberuflicher Autor und hat bereits zahlreiche Bücher für Kinder und Jugendliche veröffentlicht.

Schneesturm. Elin, Jørn, Trude und Audun planen einen Urlaub in den Bergen. Die vier Jugendlichen spielen zusammen in einer Band. Sie freuen sich auf lange Skitouren und Musikabende in ihrer Hütte. Nach wenigen Tagen im »Schneeparadies« verkauft ihnen ein Mann ein verbotenes Powergetränk. Audun trinkt abends viel davon und am nächsten Morgen geht es ihm sehr schlecht. Trotz seiner Schwäche und der problematischen Wetterlage starten die Vier eine Skitour. Ein fataler Fehler …

Unsere Adresse im Internet:
www.fischergeneration.de

Widar Aspeli

Schneesturm

Ein eiskalter Krimi

Aus dem Norwegischen
von Christel Hildebrandt

Fischer Taschenbuch Verlag

generation
Herausgegeben von Eva Kutter

2. Auflage: Juni 2005

Veröffentlicht im Fischer Taschenbuch Verlag,
einem Unternehmen der S. Fischer Verlag GmbH,
Frankfurt am Main, Dezember 2004

Lizenzausgabe mit freundlicher Genehmigung
der Patmos Verlag GmbH & Co. KG/Sauerländer Verlag,
Düsseldorf
Die norwegische Originalausgabe erschien 1998
unter dem Titel ›Snøstorm‹ im J. W. Cappelens Forlag, Norway

Satz: Pinkuin Satz und Datentechnik, Berlin
Druck und Bindung: Clausen & Bosse, Leck
Printed in Germany
ISBN 3-596-80532-5

Nach den Regeln der neuen Rechtschreibung

Wetteraussichten

In der ersten Hälfte der Osterfeiertage viel Sonne. Gleichzeitig sorgt jedoch ein kräftiges Tiefdruckgebiet im Südosten für die Bildung eines Sturmzentrums, das sich im Laufe der Osterwoche über Südnorwegen ausbreitet und erhebliche Mengen an Niederschlägen mit sich führt. In den Hochgebirgsregionen besteht Lawinengefahr.

Donnerstag

Eins

Als er sie nicht ins Leben zurückholen kann, gerät er in Panik.
»Oh, Scheiße. Wach doch auf!«, schreit er und schlägt ihr mit der flachen Hand auf die Wange. Keine Reaktion. »So ein verdammter Mist!«
Er schlägt mit der Faust gegen die Wand. Der Lederhandschuh knarrt. Er spürt, wie sein Puls jagt und der Schweiß ihm die Stirn hinunterrinnt. Es ist furchtbar heiß in der Hütte. Das Radio wirft ferne Stimmen in den Raum. Ihm ist, als würden die groben Bretterwände im Wohn- und Kochbereich der Hütte jeglichen Sauerstoff aufsaugen. Der Hals schnürt sich ihm zusammen. Er muss denken. Die Panik in den Griff kriegen. Etwas tun. Die Kontrolle wiederfinden. Abhauen! Und bloß das Gebräu nicht anrühren.
Er zieht sich die Handschuhe aus und stopft sie in den Helm. Seine Finger reißen den Klettverschluss des Overalls auf, tasten herum und ziehen schließlich den Reißverschluss hinunter. Er wirft Helm und Motorrad-

handschuhe auf einen Sessel, schließt die Augen und versucht das Chaos von sich fern zu halten. Er zwingt sich, ganz ruhig zu atmen. Gleich wird er handeln.
Er schaut sich um. Die Tür zu der einen Schlafkammer steht offen. Das Bettzeug liegt auf dem Boden. Kleidungsstücke sind im Raum verstreut. Rote Skihandschuhe, ein Gebirgsanorak und eine Überziehhose. Skistiefel. Der Ausziehtisch quillt von Zeitungsabschnitten fast über, ein leeres Saftglas steht noch darauf, daneben eine umgekippte Weinflasche und der Laptop mit tanzendem Bildschirmschoner. Die Kamera liegt auf der Küchenanrichte. Die Kühlschranktür ist offen und wirft einen schwachen Lichtstreifen in den Raum. Ein Häufchen leerer Flaschen steht einsam und verlassen unter dem Abwaschbecken. Zwei Halbliter-Flaschen liegen auf dem Tisch. Leer! Eine halb volle Colaflasche hält sich bedrohlich schräg auf der Wolldecke, die vom Sofa hinuntergerutscht ist. Ein leeres Glas ist aus der offenen Hand gefallen. Aus der Hand, die sich steif über dem Flickenteppich emporstreckt. Er registriert die Details, aber sie dringen nicht wirklich zu ihm vor. Es ist, als hätte der leblose Körper dort auf dem Sofa nichts mit ihm zu tun. Hätte nie etwas mit ihm zu tun gehabt. Er spürt nur Wut. Und Panik.
»Diese verdammte Schnalle!«
Sie hat es getan. Fast drei Flaschen. Plus Pillen und Wein. Mit zitternden Händen schiebt er den Tisch weg und sinkt vor dem Sofa auf die Knie. Er versucht einen der Gedanken festzuhalten, die ihm durch den Kopf rasen. Sie darf nicht hier gefunden werden. Wieder

schiebt sich seine Hand zu ihrer Wange hin, die Finger gleiten den Hals hinunter. Verdammtes Zittern. Zuerst meint er ein schwaches Klopfen zu spüren, aber dann begreift er, dass es das Pochen seines eigenen Bluts ist. Kein Pulsschlag bei ihr.
Er hätte ihr nicht trauen dürfen. Diese neurotische Stadttussi versucht ihn fertig zu machen. Das Einzige, was diese Dame jetzt darstellt, ist ein riesengroßes Problem. Sein Problem.
Sein Atem geht schwer und sein Körper schwimmt in dem dicken Anzug im eigenen Schweiß. In wenigen Minuten hat er ein neues Date. Er hat nicht viel Zeit. Wenn er gewusst hätte, dass sie sich nicht besser unter Kontrolle haben würde, hätte er sie nie in seine Deals mit reingezogen. Die Gedanken verhaspeln sich im Kopf. Er kommt wieder hoch, stapft im Zimmer herum. Geht zum Küchenfenster. Die Leute von der Nachbarhütte schnallen sich Skier an und werfen sich Rucksäcke über. Sie machen sich bereit für eine Nachmittagstour im Ostergebirge. Eine Sonnentour.
Da unterbricht das Radio seine hin- und herspringenden Gedanken. Eine sachlich klingende Stimme berichtet, dass Menschen im Gebirge vermisst werden. Die Worte bohren sich in seinen Kopf. Als die Musik wieder durch den Raum strömt, bleiben seine Augen an der »schwarzen Katze« hängen, dem Thundercat, der direkt vor der Hintertür steht. Der Schlitten ist angekoppelt, aber leer. Er schnappt nach Luft. Das ist die Lösung! Er dreht sich schnell um und macht sich daran, in aller Eile das Chaos auf dem Boden zu beseitigen. Den Deal

muss er später abwickeln. Der Typ wird bestimmt wieder anrufen.
Also jetzt anziehen! Schwitzend schafft er auch das und ist schon auf dem Weg zur Küchentür, als er innehält. Der Toshiba steht aufgeklappt auf dem Ausziehtisch. Er bewegt die Maus. Der Bildschirmschoner löst sich auf. Das Textprogramm ist geöffnet. Einige Sekunden lang überlegt er, dann suchen seine Finger nach den richtigen Tasten, um eine Nachricht in das Gedächtnis der Maschine einzugeben.
Als er kurz darauf die Frau zur Hintertür schleppt, hört er jemanden auf der Vordertreppe und ihm fällt ein, dass er vergessen hat, draußen einen Notizzettel anzubringen.

❄

Elin Helgesen fühlt sich ein bisschen zittrig auf ihrem Snowboard. Sie stellt die Bindung am linken Bein nach, holt dann tief Luft und konzentriert sich, bevor sie das Brett den leicht geneigten Hügel hinuntergleiten lässt. Sie findet ihr Gleichgewicht. Sie weiß nicht, wie oft sie hier schon gefahren ist, aber ihre Wadenmuskeln schmerzen.
Beitostølen brodelt zu Ostern. Es wimmelt von kunterbunten Skianzügen und sonnengebräunten Köpfen. Braune Gesichter mit weißem Lachen, die jeden einzelnen Sonnenstrahl vom blauen Himmel gierig aufsaugen. Aber niemand kann Elin Helgesen gegenüber behaupten, das hier wäre ein Idyll. Beitostølen ist nichts

als ein Kaff, das versucht mit der Natur zu konkurrieren. Der Ort liegt wie ein größenwahnsinniger Wächter vor dem Reich der Bergriesen. In den Ferien ist er kurz vorm Explodieren und ganz besonders in dieser Woche. Mietshütten, Wohnungen, Hotels und Restaurants zwängen sich um die Reichsstraße und versuchen gemütlich, anheimelnd und Gott weiß wie noch auszusehen. Schön findet Elin das Ganze jedenfalls nicht. Und am schlimmsten ist das Beito-Hochgebirgshotel, das wie ein missratener Legoklotz aussieht.

Elin beschließt, dass dies jetzt ihre letzte Fahrt wird – wenn sie sie schafft, ohne auf die Nase zu fallen. Sie fährt nicht gern mit dem Snowboard. Aber die Abmachung ist schon in Ordnung. Heute ist sie mit dem Brett auf dem Hügel dabei. Jørn, Trude und Audun, die drei anderen aus der Band, machen dafür morgen bei einer Skiwanderung mit. Eigentlich wollte sie das Snowboardfahren ganz ausfallen lassen, aber der Typ beim Skiverleih hatte einfach nicht locker gelassen.

»Aber logo, das musst du versuchen. Eine Fahrt und du bist bekehrt«, hatte er behauptet und die Ausrüstung herausgeholt. »Übrigens gehe ich davon aus, euch Samstag wieder zu sehen«, hatte er weiter gemeint und jedem einen Flyer in die Tasche gestopft. »Ein Super-DJ. Echt stark!«

Aber Elin hat so ihre Zweifel, ob sie wirklich zu der »Gigaparty« am Samstag in der Beitohalle gehen sollen. *Express* ist schließlich vor allem deshalb auf Hüttentour, um für den Landeswettbewerb in Trondheim im Mai zu üben.

Die ganze Zeit muss sie darauf achten, das Gewicht auf den vorderen Fuß zu verlagern, aber jedenfalls fällt sie nicht hin. Das Brett gleitet spielerisch einfach durch den Schnee, fliegt den präparierten Hang hinunter. Elin geht in die Knie und verlagert ihr Gewicht, spürt zufrieden, dass sie in die Kurve geht. Und wieder zurück. Genau. Die Geschwindigkeit nimmt auf dem kleinen Steilhang zu. Sie spannt die Muskeln an und wirft sich herum. Einhundertundachtzig Grad. Sie schafft einen Hundertachtziger! Nach all den Bruchlandungen, die sie vorher hingelegt hat!

Wieder verlagert sie das Gewicht und gleitet weiter. Ihre Gedanken wollen die Band nicht verlassen. Trude hatte diese Übungswoche in der alten Hütte ihrer Eltern vorgeschlagen. *Express* muss dringend ihr Spiel perfektionieren, wenn sie in Trondheim eine gute Figur machen wollen.

Jetzt sind sie seit zwei Tagen in Beitostølen. Und Trude hat sie alle total beeindruckt, als sich herausstellte, dass sie den Schneescooter fahren kann, den sie brauchten, um ihre Musikausrüstung in die Hütte zu bringen.

»Ich bin schon vorher mal gefahren. Mein Vater hat 'ne Fahrerlaubnis«, hatte sie erklärt und war den Hügel hochgebrettert.

Seitdem haben sie schon ein paar Mal zusammen geprobt, aber irgendwie swingt es nicht so, wie es soll. Elin fürchtet, dass Jørn sich etwas verrennt. Er ist felsenfest überzeugt von seinen selbst komponierten Stücken und dem norwegischen Text. Und bemerkt das Stöhnen der anderen gar nicht.

Außerdem vermisst sie ihren Freund Joachim. Er hätte mitkommen können, alle anderen fanden das vollkommen in Ordnung, aber er wollte nicht.

»Was soll ich denn da? Die Saiten der Gitarre auswechseln? Ich habe mit der Band nichts zu tun. Ich stehe da doch nur im Weg«, hatte er gesagt.

»Du Dummkopf«, hatte Elin erwidert und ihm die Wange gestreichelt. Sie weiß, dass etwas anderes dahinter steckt. Joachim steckt der Zusammenstoß mit dem Elch im letzten Herbst noch in den Knochen.

Da hört sie hinter ihrem Rücken Rufe. Automatisch dreht Elin den Kopf, fällt hin und rutscht auf dem Bauch den Hügel hinunter. Sie erkennt die drei Skiläufer vom Palast oberhalb ihrer Hütte wieder. Die führen sich auf, als würde ihnen das ganze Gebirge gehören. Grinsen tagsüber mit ihren bronzefarbenen Gesichtern auf den Pisten herum und feiern die Nächte durch. Letzte Nacht ist Elin von dem Lärm aufgewacht. Als sie wütend zur Palastveranda hochschaute, sah sie gerade noch, wie ein Schneescooter aus der Doppelgarage dröhnte und zur wilden Nachtfahrt über die Hügelkuppen davondonnerte. Jørn hat die Nachbarn gleich Sondrejungs getauft, nachdem ihr »Chef« sich als Sondre Wikdahl vorgestellt hatte.

Jetzt braust das Dreigespann in voller Fahrt auf Elin zu, die immer noch auf den Knien hockt. Die Jungs fahren parallel nebeneinander und halten sich an einer langen Stange fest. Sie grölen sich Kommandos zu, wenn sie die Richtung ändern wollen, und das nimmt ihre Aufmerksamkeit so sehr in Anspruch, dass sie viel zu spät bemerken, dass da jemand auf dem Boden hockt. Elin schreit. Drei Paar Augen öffnen sich erschrocken unter den Filzhüten. Der Rechtsaußen schreit »Links« und springt um die Richtung zu wechseln, aber die anderen beiden fahren weiter ihren rechten Bogen. Der Äußere lässt die Stange los, schert aus und prescht direkt an Elin vorbei, die gerade noch den Stahlkanten seiner Skier ausweichen kann. Kalter Schnee fliegt ihr ins Gesicht. Sie wirbelt herum und setzt sich erschrocken auf den Boden, das Snowboard vor sich. Der rechte Sondrejunge hat angehalten. Die anderen beiden wechseln in den linken Bogen ohne den Abfahrtsläufer zu sehen, der auf Slalomskiern von der anderen Seite des Hügels heransaust. Die Sondrejungs schreien »Rechts«, werden aber auf den Rücken geworfen, als der Rennfahrer ihre Stange trifft und seinerseits zurückprallt. Elin starrt auf den Schneewirbel, der langsam zu Boden sinkt. Der Slalomfahrer liegt unbeweglich da. Seine Bindungen haben sich gelöst und die Skier rasen weiter in einsamer Fahrt auf die Schlange vor dem Lift zu.

Elin befreit sich von ihrem Snowboard und läuft zu dem Verunglückten hinunter.

Jørn Haugen sitzt auf der Anhöhe über der Funbox der neuen Snowboardanlage von Beitostølen. Er hat Pudding in den Beinen, öffnet seine Stiefel und lässt sich zu einer Gruppe in den Schnee fallen, die sich ebenfalls einen Moment ausruhen will. Den letzten Trick habe ich ganz gut geschafft, denkt Jørn und seine Augen wan-

dern zur Halfpipe hinunter. Jetzt fehlt nur noch ein Run dort unten.
Die Bedingungen sind perfekt. Beitostølen liegt schon seit mehreren Tagen in strahlendem Sonnenschein. Ein bisschen nächtlicher Schnee hat eine Puderzuckerschicht auf die präparierten Hügel gelegt und für geradezu ideale Schneeverhältnisse gesorgt. Auf dem Brett zu stehen gibt Jørn jedes Mal einen Kick. Und alle Anfängerstürze werden sich lohnen für das Gefühl, irgendwann mal einen perfekten Dreihundertsechziger hinzukriegen. Aber bis dahin ist es noch weit. Jørn wird ganz flau im Magen, wenn er Trude auf dem Snowboard sieht. Sie ist einfach spitze, legt sogar einen Fünfhundertvierziger hin.
»Guck dir den mal an«, meint einer von den anderen zu Jørn. Jørn kennt den Typen zwar nicht, aber beim Snowboarden läuft alles ziemlich locker ab und da ist es schon in Ordnung, sich ein paar Minuten mit jemandem zu unterhalten.
Der Fahrer zeigt eine schnelle Serie die Pipe runter, nimmt nochmal an Fahrt zu und setzt zum letzten Trick an, findet aber nicht den richtigen Absprung und rast die Pipe auf dem Rücken runter.
»Guter Versuch. Nächstes Mal schafft er es.«
Jørn nickt. Das ist mit das Tollste, dass keiner ausgelacht wird, denkt er. Man wird respektiert, wenn man etwas versucht, und es ist nicht nötig, dass man der Beste ist. Es ist nicht mal peinlich, vor einer Horde Mädchen in den Schnee zu fliegen.
Jørn hat ein paar Mal Abfahrtsski versucht, aber nach

der ersten Proberunde mit dem Snowboard war für ihn alles klar. Und im Lauf des Winters hat er schon einige Stunden auf dem Hügel verbracht.

»Bahn frei!«

Alle drehen sich um und gucken, wer da schreit.

»Hau ab, du Schmalspurheld!«

Ein Abfahrtsläufer krümmt sich zusammen, springt schräg ab und kommt in rasender Fahrt auf die Funbox zu. Er trifft auf den Cooping, den Rand, und macht einen hohen Spagatsprung, bevor er weiter zu den Skilifts saust.

»Wir sollten Seile gegen solche Arschlöcher haben! Die haben auf diesem Teil des Hügels nichts zu suchen!«

Jørn massiert seine Beinmuskeln. Seine Gedanken wandern zu *Express*. Werden wir hier genug Zeit zum Üben haben?, überlegt er. Bei so einem Wetter sieht es damit natürlich schlecht aus. Aber wir müssen das Proben an erste Stelle setzen. Es ist ziemlich wichtig, dass wir in Trondheim eine gute Figur machen.

Der Anruf kam schon drei Tage nach dem öffentlichen Vorspiel, aber richtig glauben konnten sie es erst, als der Brief kam und bestätigte, dass *Express* ausgewählt worden war, den Distrikt Oppland bei dem Landeswettbewerb zu vertreten. Jørn nimmt an, dass sie aus zwei Gründen weitergekommen sind: Zum einen, weil sie Originaltitel gespielt haben, und zum anderen, weil sie ganz einfach gut gespielt haben. Nicht nur schnell, laut und eifrig! Nach Ostern wird es zwei Treffen der Opplands-Leute geben, bevor sie dann mit dem Bus nach Trondheim fahren. Mit viel Üben wird es schon klappen. Jørn weiß, dass ihn selbst das alles ziemlich nervös macht. Aber er muss den anderen auch zugestehen, dass ihnen die Musik nicht ganz so viel bedeutet wie ihm. »Wollen wir das wirklich in Trondheim spielen?«, hatte Trude bei der ersten Probe nach der guten Nachricht gefragt.

»Was meinst du damit?«

»Na ja … wir haben das ja schon eine Zeit lang gespielt. Die Melodie ist okay, aber ich habe langsam keine Lust mehr, immer das Gleiche abzuspulen. Vielleicht könnten wir es ein bisschen entwickeln, noch mehr Ausdruck reinbringen?«

Sie hatten eine Weile darüber nachgedacht. Hatten neue Ideen verworfen und waren dann doch zu dem Schluss gekommen, dass sie sowieso nichts dabei zu verlieren hatten, wenn sie es mal versuchten. Und da hatte Trude die Idee gehabt, einen Workshop in der Hütte ihrer Eltern in Beitostølen zu machen.

»Dann können wir alles miteinander kombinieren, nicht wahr: Snowboardfahren und proben und Saus und Braus.«

»Na ja, Beitostølen ist ja nicht gerade die Traumadresse für Jugendliche.«

»Aber dieses Jahr haben sie viel Neues vor«, hatte Audun widersprochen.

»Außerdem ist eine tolle Snowboardanlage an einem Hang gebaut worden«, hatte Trude erzählt. »Und sie planen extra einen Supersamstag für die Jugend. Nicht nur so ’ne Disco im Schnee, sondern ’ne richtig fetzige Fete am Abend. Wir müssen nur zusehen, dass wir die

Schlagerabende für die Alten umschiffen. Und DJ Cooljuice soll einfach affengeil sein.«
Sie hatten hin und her diskutiert und waren sich dann einig geworden zuzuschlagen. Aber nach ersten Proben sollte heute und morgen das Gebirge dran sein. Heute der Snowboardhügel und morgen mit den Brettern über die Hochebene.
Wenn das nur nicht auf Kosten des Spiels geht! Die anderen müssen sich ein bisschen zusammenreißen, denkt Jørn jetzt und spürt, wie die Kälte langsam durch seinen Hosenboden dringt. Noch eine Runde in der Funbox, beschließt er, und dann werde ich eine kleine Serie in der Pipe hinlegen.
Da bremst ein Brett neben ihm und spritzt ihm Schnee in den Nacken. Er schaut auf.
»Das ist ja der Specht!«
Jørn spürt, wie ihm das Blut ins Gesicht steigt. Was um alles in der Welt macht denn Harald »die Hacke« Andersen hier in Beitostølen?

❄

Audun guckt zu Nummer 16 hoch. Die Hütten liegen wie einförmige Klötze an den parallel angelegten Wegen. Er schaut auf die Uhr. Es ist schon fünf Minuten später als verabredet. Wie lange soll er noch auf den Schneider warten? Andererseits findet er es ganz in Ordnung, hier in der Sonne zu sitzen. Jedenfalls besser als noch mehr Runden auf dem Brett. Eigentlich hängt ihm dieses ganze Osterarrangement zum Hals heraus.

Das Üben auch. Er hat keine Lust, immer wieder die gleichen Bassgriffe zu wiederholen. Jørn ist sowieso nie zufrieden. Das werde ich jetzt ändern, denkt er. Bald wird es swingen wie noch nie zuvor. Die Telefonnummer kannte Audun schon lange, bevor ihnen der Flyer heute Vormittag in die Tasche gestopft wurde. Aber nach der nervigen Probe gestern Abend hatte er sich entschieden und den anderen heute Morgen beim Frühstück den Vorschlag gemacht:

»Ich weiß, was wir brauchen.«

»Und was?«

»Meine Güte. *Express* klingt doch wie ein hinterwäldlerisches Alte-Herren-Orchester. Ich kenne eine Wunderkur gegen schlaffes Dahindudeln. Die Inspirationsspritze überhaupt! Etwas zusätzlichen Pepp. Spezialgemischtes Hausgebräu.«

Sie hatten ihn ins Kreuzverhör genommen, aber Audun hatte sich geweigert, etwas zu verraten.

»Probiert es erst mal. Dann seid ihr schlauer.«

Jedenfalls haben wir unseren Frust ein bisschen beiseite schieben können, denkt Audun und wirft noch einmal einen irritierten Blick auf die Uhr. Sogar Jørn hatte schließlich zugeben müssen, dass sie mit ihrer Musik auf der Stelle treten.

»Vielleicht sollten wir einfach aufhören«, hatte Trude endlich vorgeschlagen.

»Aber wir brauchen die Proben«, hatte Jørn widersprochen, sichtlich genervt.

»Schließlich fahren wir doch sowieso nach Trondheim. Muss denn alles hundert Prozent sein?«

Jørn hatte nur die Augen verdreht und einen längeren Vortrag über die Möglichkeiten gehalten, die sich ihnen bieten würden, wenn sie eine gute Figur beim Wettbewerb machen würden. Trude hatte abgewunken.
»Ist ja richtig. Aber es hat doch keinen Sinn, *Express* um jeden Preis zu puschen. Wir müssen das zum Fetzen bringen, was wir sowieso spielen. Und außerdem war doch auch geplant, dass wir uns hier vergnügen, oder?«
Das hatte das Fass zum Überlaufen gebracht und Jørn hatte nachgeben müssen: »In Ordnung. Aber drei gegen einen, das ist feige.« Es war ein Versuch, den Streit locker wegzustecken, doch Jørn hatte nicht verbergen können, dass ihm die Situation nicht gefiel.
Vielleicht bringt das Hausgebräu ja die Steigerung, denkt Audun jetzt und schaut sich um. Er begreift nicht, wieso der Schneider in einer der Mietshütten dealen will, aber das ist ja nun nicht seine Sache. Er ahnt sowieso nicht, wer das eigentlich ist. Hat nur übers Telefon mit ihm gesprochen. Und das Wichtigste ist schließlich, dass er von dem Gebräu was kriegt. Das wird *Express* schon ordentlich auf die Beine bringen. Damit kriegen wir in null Komma nichts einen neuen Song hin, denkt er.
Das Gebräu gibt unglaublich Energie. Er hat die Mischung schon mal auf einer Fete probiert. Ist damals wie eine Lichtwelle durch den Abend geflogen. Und er fand in sich Kräfte und Gedanken, von denen er gar nicht ahnte, dass er sie besaß. Heute Abend will er einen Happydrink mixen. Und alles zum Swingen bringen. Mal sehen, was dann passiert!

Audun sieht nochmal auf den Zettel. Da gibt's keinen Zweifel:

Hütte Nummer 16. Um 16.15 Uhr

Es ist niemand zu sehen. Sicher sind alle draußen und amüsieren sich. Ob er einfach reingehen soll? Audun geht zur Treppe, trampelt sich den Schnee von den Stiefeln und klopft an. Niemand antwortet. Er überprüft noch einmal, ob es auch die richtige Hütte ist. Klopft ein zweites Mal an, wartet, aber niemand öffnet.
Hinter der Hütte hört er einen Schneescooter starten und wegfahren, ansonsten ist es ganz still. Und menschenleer. Nicht einmal ein kläffender Hund. Er hat keine Lust noch länger zu warten, die Abmachung war ja wohl klar. Audun legt seine Hand auf die Türklinke. Drückt. Die Tür ist offen.
»Hallo?«
In der Hütte ist es brütend heiß, aber niemand antwortet.
»Ist jemand hier?«
Er muss über sich selbst lachen. Natürlich ist keiner da. Sonst hätte ja wohl jemand geantwortet.
Der Schneider hat sich bestimmt nur verspätet. Er muss sicher eine Menge Fäden in der Hand behalten. Audun zögert kurz, dann geht er hinein. Er schnappt nach Atem. Die Luft ist schwer und abgestanden, völlig überheizt. Hier hatte es aber jemand eilig, denkt er. Kleider und Wolldecken liegen überall auf dem Boden herum. Zeitungen und leere Flaschen dazwischen ver-

streut. Zerknüllte Papiere leuchten noch im Kamin. Auf dem Ausziehtisch steht ein offener Laptop, dessen Bildschirmschoner verkündet, dass alle ihre »Hände weg« lassen sollen. Alte Zeitungsausschnitte liegen wie zerrissene Puzzleteile auf dem Tisch. Eine Kamera und mehrere Objektive liegen auf der Küchenanrichte.
Da entdeckt er die nassen Flecken auf dem Boden. Und die weißen Teilchen. Schnee, der noch nicht geschmolzen ist. Es kann noch nicht lange her sein, dass jemand hier war. Direkt vor der Hintertür liegt ein roter Skihandschuh. Aber die Hütte ist leer. Einen Moment werde ich noch warten, denkt Audun und lässt sich auf einen Sessel fallen.

Der Schneider kocht. Der Schweiß läuft ihm den Rücken hinunter, als er den Thundercat die Hügel hoch fährt. Er schlängelt sich zwischen den Hütten durch und fährt auf die Westseite des Beito, biegt dann schräg auf den Hauptweg ein und fährt weiter hoch, auf Gardli zu. Dann gibt er Gas Richtung Osten. Er weiß gar nicht so recht, wo er eigentlich hin will, nur, dass er ins Gebirge auf der Ostseite der Straße fahren muss.
Sein Sichtschutz beschlägt, aber er traut sich nicht ihn hochzuschieben. Es könnte ihm ja jemand entgegenkommen und er will nicht, dass der sich dann Gedanken macht, warum er hier draußen herumfährt. Jetzt darf es nicht an einem Zufall scheitern.
Die Kettenbänder fressen sich gierig die Hügel hinauf. Die Katze hat keine Probleme damit, den Schlitten hinter sich her zu schleppen. Er gibt noch mehr Gas. Die

neunhundert Kubik donnern und scheinen die Steigung förmlich zu genießen. Der Scooter ist einfach wahnsinnig stark. Sein wassergekühlter Dreizylindermotor schnurrt wirklich wie eine Katze und Thundercat ist superschnell. Oben auf der Valdresflya hat er es schon auf 170 Stundenkilometer gebracht. Und gleichzeitig ist der Thundercat wie maßgeschneidert für unwegsames Gelände. Die Gasstoßdämpfer lassen Unebenheiten kaum spüren. Aber natürlich nur, wenn man fahren kann. Und der Schneider ist ein Meister auf dem Scooter. Vielleicht war es das, was der Schneescooterclub nicht vertragen konnte?

Oben auf der Ebene vor Gardli zieht der Schneider die Geschwindigkeit hoch. Er sieht auf dem Tachometer, dass er fast bei 75 km/h liegt. Jetzt ist das Schlimmste geschafft. Es geht nur noch darum, einen geeigneten Platz zu finden, um seine Last loszuwerden.

Urplötzlich holen ihn seine Gedanken wieder ein. Er spürt, wie sich ihm der Magen umdreht, wie die Übelkeit in ihm rumort. Aber es gibt keinen anderen Ausweg. Er muss doch die Spuren verwischen. Oder wäre es etwa besser gewesen, sie da liegen zu lassen? Nein, geschehen ist geschehen. Und die Sache muss jetzt zu Ende geführt werden. Der Schneider fährt die letzte Steigung hoch und geht vom Gas. Jetzt muss er sich entscheiden. Er hält an und holt die Karte heraus, stellt fest, dass er noch ein paar Kilometer weiter fahren muss, um wirklich auf der sicheren Seite zu sein. Er muss die am häufigsten benutzten Loipen hinter sich lassen, wegkommen von den Freizeitsportlern. Er überlegt hin und her, entscheidet sich schließlich für die Hügel südlich des Gravholskampen. Der Name, der Grabhöhlenfels, lässt ihn kurz grinsen. Er beschließt, der präparierten Spur noch eine Weile zu folgen, dann auszuscheren und abzuladen. Gerade als er die Karte zusammenfaltet, fängt sein Handy an zu piepen. Er kann jetzt nicht rangehen, fährt los, nach Nordosten hin.

❄

»Nur gut, dass die Kinder das nicht getrunken haben«, sagt Anne-Marit Johansen, während sie den Inhalt der Halbliter-Flasche untersucht. Sie steht in einer Schneeburg zwischen zwei der älteren Hütten unterhalb vom Panorama, im Volksmund »zur Palasslia«, zur Palastwiese, getauft.

»Was ist das?«, fragt Landpolizist Knutsen neugierig.

»Ich weiß nicht. Das muss erst analysiert werden. Das muss nach Oslo.«

Knutsen nickt. Die Antwort hat er erwartet.

»Kein Problem, wir schicken eine Probe mit Express. Dann ist sie in vier Stunden in Oslo.«

»Gute Idee. Ich rufe Bjørn Tore von der Chemischen an. Er ist mir noch einen Gefallen schuldig«, nickt Johansen und schaut zu Martin Klausen hinüber, der mit seinen Kindern ein Stück entfernt wartet. Die Kinder hatten die Flasche in der Schneeburg gefunden. Klausen arbeitet bei einer Brauerei und ist sich hundertprozentig sicher, dass der Inhalt nicht aus einem normalen Zapfhahn stammt.

»Ich bin nur froh, dass ich entdeckt habe, was die Kinder da gefunden haben, bevor sie was trinken konnten«, erklärt er.
»Wahrscheinlich ist die Colaflasche von einem der Mieter hingeworfen worden. Wir müssen auf der Hut sein. Wenn es das ist, was ich denke, dann gibt es mehr davon. Viel mehr. Und dann werden wir unsere Nasen da reinstecken«, erklärt Johansen.
Sie bedanken sich bei Klausen für die Hilfe, nehmen die Flasche mit und gehen zurück zu ihrem Schneescooter.
Polizist Knutsen musste nicht lange überlegen, als ihm eine Sonderschicht zusammen mit Anne-Marit Johansen angeboten wurde. Der provisorische Polizeiposten ist eingerichtet worden, damit sich nicht über Ostern die Kräfte aus dem übrigen Distrikt nur um Beitostølen kümmern müssen. Es war klar, dass extra Leute gebraucht werden, wenn Beitostølen von Touristen überschwemmt wird. Zumal dieses Jahr, wo so viel mit neuen Angeboten und einem bunten Jugendprogramm geworben wird, das seinen Höhepunkt in der Raveparty in der Beitohalle am Samstagabend haben soll.
»Da werden wir wohl unsere Augen und Ohren offen halten müssen«, hatte Johansen gesagt, als sie die verschiedenen Veranstaltungen durchsprachen. »Auch wenn die Berichte in der Presse über diese neue Droge bis ins Hysterische übertrieben werden, haben wir allen Grund wachsam zu sein.«
Knutsen war neugierig auf die Nachfolgerin von Lars-Erik Gundersen gewesen und hatte beschlossen erst einmal abzuwarten, bis er sich ein Bild machen konnte,

wer die neue Kollegin eigentlich war. Aber schon nach einer Stunde in einem Raum mit Anne-Marit Johansen war das Eis geschmolzen. Im wahrsten Sinn des Wortes. Sie hatte bei der Drogenfahndung in Oslo Dienst gemacht und konnte Knutsen über die neuen Drogen informieren, die mehr oder weniger getarnt in den Jugendmilieus kursieren.

»Willst du fahren?«, fragt er jetzt und zeigt auf den Lynx, seinen Luchs.

Anne-Marit Johansen schüttelt den Kopf.

»Nur wenn ich muss. Das ist nichts für mich. Außerdem müssen wir uns wohl beeilen, wenn die Flasche noch mit dem Bus mit soll«, sagt sie.

Knutsen nickt, startet den Motor, verlagert das Gewicht auf den einen Ski, stellt einen Fuß auf den Boden und wendet so den Scooter um hundertachtzig Grad. Er stellt zufrieden fest, dass er seine Kollegin beeindruckt hat.

»Es ist schlichtweg unmöglich, mit diesem lahmen Gefährt schnell zu sein«, erklärt er.

»Tu dein Bestes«, lacht Anne-Marit und setzt sich hinter ihn auf den Sattel.

❄

Jørn schaut zu Hacke hoch, der sein Brett auf dem Hügel hin und her schwingt. Selbstsicher wie immer. Genau so ein Großmaul wie damals, als er Chef von *Hacke und die Spechte* war, der Band, in der Jørn spielte, bevor er im letzten Sommer nach Valdres zog. Hacke bestimmte absolut alles in der Band, es gab keinerlei Spielraum neben ihm, auch nicht für die Ideen der anderen Spechte.

»Na, und wie läuft es mit dem Zitherspiel?«

»Okay«, murmelt Jørn und muss feststellen, dass Hacke die gleichen Vorurteile gegenüber dem Musikleben im Norden hat, wie er sie noch vor einem Jahr selbst hatte. Aber er musste schnell seine Meinung ändern. Die Bands hier oben, *Express* eingeschlossen, brauchten sich ganz und gar nicht hinter den Jugendbands zu verstecken, die er aus Oslo kannte. Eher im Gegenteil.

»Spielst du noch?«

Sieh an, denkt Jørn, Hacke ist also neugierig.

»Ja. Wir haben 'ne Band.«

»Echt? Nun ja ... schade, dass du nicht mehr in Oslo wohnst. Dann hättest du mit uns spielen können. Wir gehen bald auf Tournee.«

»Auf Tournee? Wohin denn?«

Jørn spürt den Neid im Bauch zwicken.

»Nach Trondheim«, erklärt Hacke zufrieden grinsend.

»Und wann?«

»Im Mai.«

»Ey, das ist ja Klasse. Dann treffen wir uns bestimmt dort.«

Hacke fällt der Unterkiefer herunter und verblüfft starrt er Jørn an.

»Wieso?«

»Ich nehme an, du meinst den Landeswettbewerb?«

Hacke nickt. Aber jetzt nur noch schwach.

»*Express* wird da auch spielen.«

»*Express*?«

»Ja. Meine Band.«

Er hört es schon, als er es ausspricht. Meine Band! Der Magen zieht sich ihm zusammen, als er sich daran erinnert, wie Hacke über die *Spechte* herrschte und wie sauer er selbst war, weil die Band keinen Raum bot, eigene Ideen auszuprobieren. Laufen sie jetzt mit *Express* Gefahr, den gleichen Fehler zu machen? Drückt er einfach seine Sachen durch? Vielleicht ist das der Grund, dass die Probe gestern Abend so den Bach runter ging? Kommen sie deshalb nicht weiter? Er hört gar nicht mehr Hacke zu. Sieht nur, wie sich dessen Lippen bewegen. Da boxt Hacke ihm gegen die Schulter.

»Sag mal, du kannst ja wohl immerhin antworten, oder?«

»Hä? Was hast du gesagt?«

»Was spielt ihr denn?«

Jørn spürt wieder, wie sich alles in ihm zusammenzieht. Er hat zwar einige Ideen, fand sie früher auch ganz toll, aber plötzlich ist er sich nicht mehr so sicher.

»Ich weiß nicht, wir haben uns noch nicht entschieden.«

»Wir? Ist das denn nicht deine Band?«

»Wir sind zu viert.«

»Und welche Instrumente?«

»Gitarre, Keyboard, Schlagzeug und Bass. Wir wohnen über Ostern in der Hütte der Schlagzeugerin. Um zu üben.«

»Geil«, meint Hacke. »Das klingt nicht schlecht. Was

meinst du, ist es okay, wenn ich mal bei euch vorbeischaue? Wir wohnen auf Beito. Und da ist es stinklangweilig. Die Alten kleben nur an dem offiziellen Programm und ich habe einfach keinen Bock, meine Abende mit sinkenden Sternchen vom norwegischen Schlagerhimmel zu verbringen. Vielleicht könnten wir ’ne kleine Session zusammen machen?«

Jørn denkt über Hackes Vorschlag nach. *Hacke und die Spechte* wird auch in Trondheim spielen. Er hat das Gefühl, dass diese Nachricht irgendwie einen Schatten auf seine Freude über ihre eigene Teilnahme wirft. Hacke wohnt auf Beito … will ’ne kleine Session machen …

»Whow, sieh dir das mal an«, ruft Hacke in diesem Moment und zeigt zur Anhöhe oberhalb der Funbox. »Megacruising!«

Jørn nickt und lächelt zufrieden. Den Anorak kennt er. Der Snowboarder holt richtig Schwung. Er kreuzt im Puderschnee zwischen den Krüppelbirken. Macht ein paar geile Flatgroundtricks und springt über kleine Buckel. Dann hält er auf die Öffnung der Pipe zu.

»Guck mal!«

Jørn lächelt. Er weiß, der Fahrer wird auf den Beinen bleiben.

»Das ist unsere Schlagzeugerin.«

❄

Mehr Fahrt! Die Beine arbeiten mit dem Untergrund. Der Abhang sorgt für Tempo. Trude fährt genau auf die Öffnung zu. Das Snowboard rutscht wie Seide über den

Neuschnee. Ihre Konzentration ist spitze. Sie trifft den Absprungspunkt perfekt, gewinnt rasant an Höhe und zieht einen Hundertachtziger Backside Air eins achtzig durch.
Es ist einfach toll, auf der Piste zu sein. Die Anspannung lässt nach. Dass die Band nicht hundertprozentig funktioniert, bedeutet nicht alles. Außerdem hatte ihr etwas davor gegraut, wieder in der Hütte zu schlafen, denn seit dem Unglück war sie nicht mehr dort gewesen. Umso froher war sie, als die Jungs gleich das Zimmer mit den Etagenbetten in Beschlag nahmen.
Trude landet fakie, macht eine Drehung und fährt weiter runter zur Pipe. Sie will fahren, dass es nur so funkt! Die Pipe liegt wie eine riesige, weiß gescheuerte Dachrinne unter ihr. Ihre Beine pumpen noch mehr Geschwindigkeit rein. Sie schneidet schräg nach oben an und macht die erste Figur: einen Tweak Indie frontside. Sie schwebt hoch über der Wand. Grabbt mit der rechten Hand und streckt die linke aus. Yeah! Das ist technisch perfekt!
Die Schwerkraft zieht sie wieder nach unten und das Brett landet in einem Bogen. Sie beschleunigt erneut und legt einen schnellen Trick auf jeder Seite hin. Einen backside und einen frontside. Hat gute Fahrt drauf und macht einen Air bei jedem Buckel. Sie konzentriert sich auf den letzten, denn der muss richtig sitzen. Im Körper spürt sie bereits die Bewegungen. Ihre Muskeln sind vollkommen angespannt. Trude pumpt ein letztes Mal und krümmt sich zusammen, während sie in voller Fahrt frontside fährt und einen schönen Anschnitt den

Bogen hinauf kriegt. Sie wartet auf den richtigen Moment. Jetzt!
Sie beginnt mit der Rotation und macht einen astreinen Fünfhundertvierziger. Trude landet weich in der Kurve und fühlt sich völlig berauscht, während sie aus der Pipe fährt. Sie kreuzt hinunter zum Lift und macht spielerisch ein paar einfache Flatgroundtricks, um sich abzureagieren. Spürt dabei, wie die Realität und die Band langsam wieder näher an sie herankommen, je weiter der Uhrzeiger rückt. Vielleicht war es doch ein Fehler, intensive Übungstage zu planen? Sie schaut auf ihre Uhr und stellt fest, dass sie noch eine Runde schaffen kann, bevor sie sich treffen wollen.

❄

Audun studiert den Flyer mit der Handynummer. Soll er es nochmal versuchen? Den Schneider fragen, wo er bleibt? Schließlich muss er halten, was er den anderen in der Band versprochen hat.
Er winkt Elin zu, die unterwegs ist um ihr geliehenes Brett zurückzubringen. Er mag sie, aber irgendwie ist sie unzugänglich. Lässt ihn nicht an sich heran. Er weiß ja, dass sie mit Joachim Jensen zusammen ist und dass sich alles nach dem Verkehrsunfall letztes Jahr ziemlich zugespitzt hat. Eigentlich ist Audun *Express* scheißegal, doch er hat das Gefühl, dass er es Jørn einfach schuldig ist, ihn jetzt nicht im Stich zu lassen. Außerdem kann eine Tour nach Trondheim ja vieles bieten. Nicht zuletzt hinsichtlich der Damenwelt.

Aber jetzt ist jetzt. Er schafft es noch, kurz zu telefonieren, bevor Elin zurück ist. Sie wollen sich mit Jørn und Trude unten beim Svingen-Pub treffen. Audun springt von der Mauer, geht aber etwas in Deckung, um vom Lärm wegzukommen. Solche Bestellungen gibt man nicht gerade in aller Öffentlichkeit auf. Er tippt die acht Ziffern ein und wartet. Die Zentrale arbeitet, verbindet. Es klingelt am anderen Ende. Niemand geht ran. Er wird mit dem Anrufbeantworter verbunden.

»Hallo. Hier ist Audun. Ich war um Viertel nach vier in Hütte 16. Wie verabredet. Wo warst du? Ich brauche maßgeschneiderte Ware für heute Abend. Ruf mich zurück.«

Erst nachdem er die Verbindung unterbrochen hat, kommt ihm der Gedanke, dass es vielleicht nicht besonders klug war, seinen Namen zu sagen. Aber geschehen ist geschehen. Scheiß drauf!

❄

Der Schneider schwingt den Schneescooter schräg aus der Spur. Überall um ihn herum erstreckt sich weiße Hochebene. Kein Mensch zu sehen. Perfekt. Ein bisschen Wind und Neuschnee werden die Scooterspur schnell verdecken. Er peilt die Kluft im Osten an und gibt Gas. Der Scooter schiebt sich mit dem angehängten Schlitten auf dem alten Schnee hoch. Er muss jetzt härter arbeiten.

Auf dem Gipfel des Hügels bleibt der Schneider stehen und schaut zurück. Immer noch niemand zu sehen.

Im Westen zeigen sich die bläulichen Bergspitzen, eine hinter der anderen. Mit weißen Mützen drauf. Die Sonne steht niedrig über dem Horizont. Sie wärmt noch, aber zur Nacht hin wird es sicher kälter werden. Er dreht sich um und schaut in die andere Richtung. Im Südosten kann er eine dunkle, schwere Wolkenbank am Horizont erkennen. Sie ist zu weit entfernt um bedrohlich zu sein. Zumindest für heute. Aber es wäre das Beste, wenn die Wettervorhersage für die nächsten Tage eintreffen würde. Ein Schneesturm würde alle Spuren beseitigen, bis der Schnee schmilzt.
Der Schneider schiebt den Sichtschutz wieder hinunter und steuert auf die schmale Kluft zu. Er fährt vorsichtig. Weiß von der Lawinengefahr hier. Der Scooter schlängelt sich hindurch und auf der anderen Seite wieder hinaus. Der Schneider hält an. Atmet schwer. Schwitzt. Dreht sich um und guckt zum Schlitten. Es gibt keinen Weg mehr zurück. Er muss das zu Ende bringen. Also tritt er in den Schnee und sinkt sofort bis zum Schritt ein. Er beugt sich nach hinten und löst die Skier vom Schlitten, nimmt den einen, presst die Spitze gegen den Schlitten und zerbricht den Ski. Die Glasfiberteile splittern. Er wirft die Skispitze weg. Dann löst er die Plane. Sie liegt noch genauso still da. Er schluckt. Schiebt Gefühle beiseite. Jetzt darf er nicht zögern. Er ist safe. Die Nachricht auf dem Bildschirm dürfte klar genug sein. Sie hat nur eine kleine Skitour gemacht. Und wer sich im Gebirge nicht auskennt, kann das Wetter nicht richtig einschätzen und kann sich verlaufen. Und keiner kann viel tun, wenn

das Wintergebirge sein Maul aufreißt – am wenigsten so eine Städterin!

Er zieht sie herunter und schleppt den Körper ein paar Meter vom Schlitten weg. Unter eine Schneewehe. Der Skianzug sieht aus wie ein Blutfleck auf dem weißen Schnee. Er schaut den Abhang hinunter. Das Dominoprinzip. Das müsste klappen. Wenn er nur selbst davonkommt.

»Tschau«, sagt er und rollt sie weiter. Dann fallen ihm die Skier ein. Er befestigt den heilen an einem Fuß und den zerbrochenen am anderen. Die Skispitze liegt eigentlich zu weit weg. Aber das ist jetzt auch egal. Er stapft zurück zum Scooter, stellt den Motor an und legt den Rückwärtsgang ein. Das Differentialgetriebe arbeitet zuverlässig. Er hält an und ändert noch einmal die Fahrtrichtung. Sieht sich genau die Schneewehe an. Jetzt kommt es darauf an. Wenn es nicht klappt, steht er dumm da.

Der Schneider gibt voll Gas und zieht eine scharfe Kurve dicht unter der Schneewehe, während sein Körper sich gegen den Abhang legt, um das Gleichgewicht zu halten. Dann wendet er in einer engen Kurve und steuert schräg den Hang hinunter. Zuerst hört er das Donnern. Tief, fern, murmelnd. Dann kommt das Knacksen und nur eine Sekunde danach spürt er, wie der Scooter seitlich auf der Schneeunterlage reitet. Bald hat er es geschafft. Er gibt voll Gas, zieht den Scooter noch etwas weiter nach unten und brettert auf ihm so schnell er kann davon. Unten auf der Ebene angekommen, hält er an und schaut zurück. Eine hübsche kleine Lawine. Der

Blutfleck ist verschwunden. Er gibt Gas, fährt zwischen die Hügel und hinunter zur Loipenspur, die am Olevatn vorbeiführt.

❄

Jørn guckt gespannt zu Hacke, während Trude den Hügel oberhalb der Funbox herunterkreuzt, hin- und herschwingt und dann bei ihnen abbremst.

»Saustarke Serie«, sagt er und nickt zum Gruß.

Sie zuckt mit den Schultern, als würde ihr das gar nichts bedeuten, und schaut Jørn an.

»Wir müssen los.«

Jørn schaut auf die Uhr. Nickt. Wendet sich Hacke zu.

»Wir wollen die anderen beim Svingen-Pub treffen. Vielleicht sehen wir uns nochmal?«

Hacke springt auf die Füße, jetzt ganz eifrig.

»Vielleicht? Aber auf jeden Fall! Es wäre klasse, euch mal spielen zu hören.«

Jørn schnalzt mit der Zunge. Er will das nicht. Er will nicht, dass Hacke was mit *Express* zu tun hat. Jedenfalls nicht jetzt.

»Ich weiß nicht … wir sehen uns doch in Trondheim.«

»Nun zier dich doch nicht. Ich werde schon keine Griffe klauen. Ist das denn so schlimm?«, fragt er und wendet sich Trude zu.

»Ich weiß nicht, wovon ihr eigentlich quatscht.«

Jørn holt tief Luft und erklärt, dass Hacke in der Band spielt, bei der er in Oslo auch dabei war, und dass die *Spechte* auch nach Trondheim fahren werden.

»Vielleicht können wir zusammen mal eine Abendsession machen?«, bohrt Hacke weiter.
Trude wirft Jørn einen Blick zu.
»Das wäre bestimmt super, aber ich glaube, wir brauchen die Abende hier, um selbst zu üben«, sagt sie.
»Aber ich kann doch wohl mal bei euch vorbeischauen. Glaubt mir, es ist nicht besonders witzig, die ganze Zeit an dem Rockzipfel der Alten zu hängen. Und bis Samstagabend passiert ja nichts Geiles. Ihr kommt doch zur Fete?«
Jørn zuckt mit den Schultern.
»Wie bitte? Ihr habt hier im Kuhland nicht so oft die Gelegenheit DJ Cooljuice zu erleben. Und wenn ihr einen Muntermacher braucht, dann kann ich den besorgen.«
»Ich hätte schon Lust, na ja, wir werden sehen. Aber jetzt müssen wir zum Pub«, erklärt Trude und stößt sich ab. Und fährt.
»Svingen-Pub. Superidee«, lächelt Hacke und zieht seine Bindung fest. Er guckt zu Jørn hoch.
»Bist du bereit für ein Double die Pipe runter?«
Jørn spürt, wie seine Muskeln in alle Richtungen zerren und zupfen. Er ist zusammen mit Hacke zu rein gar nichts bereit. Nur dazu, ihn möglichst bald loszuwerden. Aber er sieht ein, dass das nicht so einfach sein wird.
»Okay. Also dann los!«
Jørn bemüht sich genügend Fahrt zu kriegen. Er hört Hacke hinter sich keuchen, verlagert sein Gewicht nach hinten, schneidet einen sauberen Bogen und fährt front-

side zum Rand hoch, macht eine Drehung und fährt backside hinunter, jetzt wieder schneller. Er konzentriert sich auf den Trick, spannt die Muskeln an, trifft den Absprung und zieht einen Dreihundertsechziger mute Grab. Er landet in einem Bogen, fährt schräg hinunter und sieht gleichzeitig aus den Augenwinkeln Hacke, der in voller Fahrt die Pipe hinuntersaust, direkt auf ihn zu. Crashkurs! Jørn flucht und reißt das Brett zur Seite, verliert das Gleichgewicht und fällt hin, während Hacke die Pipe weiter hinunterbrettert.
»Wir sehen uns beim Pub, Rotspecht«, johlt Hacke und verschwindet aus der Pipe, ohne einen einzigen Trick hingelegt zu haben.

❄

Elin geht zusammen mit Audun zum Svingen-Pub hinunter.
»Und, hast du deinen Express-Saft organisiert?«
Sie ist gespannt, was für ein Wundermittel Audun wohl aus dem Ärmel ziehen wird.
»Nein, noch nicht. Aber ich werde ihn vor der Probe haben.«
Sie überqueren die Straße und begeben sich in das »Sehen-und-gesehen-werden-Gewühle« vor dem Pub.
Elin und Audun können sich eine Cola beschaffen und setzen sich hin, um auf die anderen zu warten. Als Trude, Jørn und Hacke kommen, berichtet Jørn Audun erst einmal, wer Hacke ist, und noch bevor sonst jemand etwas sagen kann, hat Audun Hacke schon den

Weg zu ihrer Hütte erklärt. Kurz danach kommt Sondre Wikdahl zu ihnen und lädt sie für diesen Abend zu einer Feier oben im Palast ein.

»Garantiert dufte Stimmung. Bringt eure Fiedeln mit und schaut mal rein. Ich organisiere Power für die Schlaffis!«

Zwei

Alle vier sind wieder in der Hütte. Dort ist es zwar gemütlich, aber mit der ganzen Bandausrüstung im Wohnbereich auch ziemlich eng. Und außerdem kommen sie irgendwie mit dem Spielen nicht so recht voran. Jørn beugt sich über die Gitarre. Trude liegt auf dem Sofa ausgestreckt und Audun fummelt an seinem Handy herum. Keine Verbindung.

Elin setzt sich ans Keyboard, stülpt sich die Kopfhörer über und lässt ihre Finger mit den schwarzen und weißen Tasten der Ensoniq spielen. Sie drückt Knöpfe, bis sie einen vollen Orgelklang auf dem Synther hat, und fängt an ein Bachstück zu spielen, das sie in den Fingern hat. Es ist herrlich, wenn sie sich aus der Hütte ausklinken kann in eine musikalische Landschaft, die sie allein steuern kann.

»Mein Großvater hat die Hütte vor fünfunddreißig Jahren gebaut«, hatte Trude erzählt, als sie ankamen. Es ist eine von zwei älteren Hütten, die im Birkenwald ganz unten am Hang stehen. Oben im Panorama liegen die

gezimmerten Paläste mit nach Westen ausgerichteten Terrassen, die aussehen wie verkrüppelte Unterlippen. »Die Hütte war sein Lebenswerk«, hatte Trude weiter berichtet, »und seine Zuflucht vom Alltag in der Stadt. Seit wir wieder nach Øystre zurück gezogen sind, wird sie nicht mehr so viel benutzt. Ich … bin seit zwei Jahren nicht mehr hier gewesen. Wir haben versucht sie zu vermieten, aber …«
»Hier drin will bestimmt keiner wohnen, wenn er zwischen all den Superhütten der Gegend wählen kann«, hatte Jørn gesagt.
Wegen der zwei Schlafkammern der Hütte hatte es am ersten Abend fast einen Streit gegeben. Es war schon eine ganze Weile her, seit die Hütte das letzte Mal benutzt worden war, und die Spinnen hatten sich in den Ecken und Winkeln ausgiebig amüsiert. Elin fühlte sich wie die Putzfrau der anderen, als sie Wasser aufsetzte und dann mit dem Wischlappen loszog, während ihre Freunde seelenruhig Karten spielten. Aber lieber das, als später beim Ins-Bett-Gehen die Panik zu kriegen. Und hinterher waren die Herrschaften anscheinend alle mit ihrem Einsatz zufrieden.
Elin betrachtet die Tasten. Sie spielt mit der linken Hand Akkordfolgen, während ihre rechte Hand die Melodie variiert. Ihr Kopf wird zu einem majestätischen Kirchenraum mit gewölbtem Dach, der fast bis in den Himmel reicht. Dann erfindet ihre Fantasie neue Bilder: Sie geht einer rot glühenden Sonne entgegen, die hinter weißen Bergen untergeht. Der Schnee liegt wie eine heilige Hülle über der Landschaft. Bis Jørn vorbeikommt,

mit den Fingern über die Tasten fährt und den Zauber zerstört.

Elin blinzelt. Sie will das Bild festhalten, aber das gelingt ihr nicht. Sie ist wieder in der Hütte. Trude liegt auf dem Sofa, die Ohrstöpsel ihres Discman im Ohr, die CD dreht sich, ihre Beine hat sie hochgelegt. Sie hat heute beim Snowboardfahren wirklich Punkte gemacht. Und ist offensichtlich erschöpft.

Elin selbst freut sich auf die Skitour morgen. Sie hofft nur, dass das Wetter sich hält und die Loipen gute Spurung und festen Schnee haben werden, damit es nicht zu anstrengend wird. Elin hat schon eine Idee für eine schöne Tour im Kopf, ist aber klug genug, sie erst einmal noch für sich zu behalten.

Audun tippt optimistisch wieder auf sein Handy. Elin nimmt den Kopfhörer ab, als sie merkt, dass er jetzt eine Verbindung hat.

»Jepp«, sagt Audun und unterbricht den Kontakt. Er streckt den Daumen in die Luft. »Ich haue eben mal kurz ab«, sagt er.

Elin stülpt sich den Kopfhörer wieder über, als sie sieht, wie Audun seinen Anorak holt und rausgeht. Sie will jetzt in die offene Landschaft, wechselt rasch zum grand piano, dreht eine Standardrunde mit vollen Jazzakkorden und fängt dann an zu improvisieren.

Während sie mit den Tönen spielt, bleiben ihre Augen an Jørn hängen. Er beugt sich über den Gitarrenhals. Sicher absolviert er eins seiner Übungsprogramme, um die Finger aus dem Winterschlaf zu wecken. Elin würde zu gern wissen, was jetzt wohl in seinem Kopf vor sich geht. Ab und zu macht es ihr Angst, dass er sich so ganz zurückzieht. Alles abblockt. Sich in Griffen und Fingerzupfen vergräbt. Sie kann ja hören, dass es gut wird, aber es gelingt ihm nicht, die anderen dadurch mitzureißen. Jørn hat so viele Ideen, wie *Express* klingen soll, dass nur noch wenig Freiraum für uns andere bleibt, denkt Elin. Für sie ist es nicht so wichtig, zu diesem Landeswettbewerb zu fahren. Und für Trude und Audun auch nicht.

Audun trippelt unten beim Touristenbüro von einem Bein aufs andere. Er schaut auf die Uhr. Der Schneider müsste jetzt kommen. Das Telefongespräch spult sich noch einmal in seinem Kopf ab.

»Hallo?«

»Kann ich mit dem Schneider reden?«

»Am Apparat.«

»Du bist um Viertel nach vier nicht da gewesen.«

Keine Antwort. Audun räusperte sich und fuhr dann fort:

»Hast du Ware?«

»Pillen, Pulver oder flüssig?«

»Flüssig.«

Dann hatten sie den Treffpunkt verabredet. Audun sieht auf die Uhr, er ist wieder pünktlich. Da hört er es hinter sich im Schnee knacken. Er zuckt zusammen und dreht sich hastig um. Ein Mann steht zwei Meter von ihm entfernt. Sein Gesicht ist von einem Schneescooterhelm mit heruntergelassenem Sichtschutz verdeckt. Er trägt einen schwarzen Fahroverall mit reflektieren-

den hellgrünen Streifen. Seine Hände stecken in Goretex-Handschuhen. Das muss der Schneider sein.
»Wo kommst du her?«, platzt Audun heraus.
»Vom Himmel. Da willst du doch auch hin, oder?«, lacht der Schneider und boxt Audun mit der Faust gegen die Brust.
Audun macht einen Schritt zurück. Er nickt.
»Was war denn um Viertel nach vier los? Ich war in der Hütte und habe ziemlich lange gewartet.«
Audun kann diesmal gar nicht erst reagieren. Die zwei Meter Abstand schmelzen weg und er wird von einem harten Griff am Anorak hochgezogen. Sein eigenes erschrockenes Gesicht spiegelt sich im Helmglas.
»Was hast du gesagt? Du warst in der Hütte?«
Audun schnappt nach Luft.
»Die Tür war offen und wir wollten uns doch dort treffen und …«
»Idiot«, zischt der Schneider und lässt Audun los, der auf die Erde zurückfällt. »Wir wollten uns *bei* der Hütte treffen, du Trottel.«
Audun weicht einen Schritt zurück. Er ist unsicher, ob er nicht lieber abhauen sollte. Aber er kann schließlich nicht mit leeren Händen zur Hütte zurückkommen. Nicht nach all der Reklame, die er gemacht hat. Der Schneider geht wieder einen Schritt auf ihn zu. Jetzt ist seine Stimme weicher.
»Ich habe doch gar keine Ahnung, wer da drin wohnt, kapiert? Der Trick ist doch grade, dass es keinen festen Treffpunkt gibt. Der wird jedes Mal neu festgelegt!«
Audun nickt eifrig. Ihm ist klar, dass er darüber jetzt

nicht weiter nachdenken sollte. Und auch nichts über die unordentliche Hütte sagen sollte.
»In Ordnung. Tut mir Leid.«
Der Schneider nickt.
»Okay. Dann vergessen wir das.«
»Hast du das Gebräu?«
»Hast du Zaster?«
Audun fingert einen Zweihunderter aus der Tasche.
»Hier.«
Der Schneider schaut sich schnell um, bevor er eine Halbliter-Flasche aus seinem Anzug zieht und sie Audun gibt.
»Viel Spaß! Samstag hat der Laden wieder geöffnet. Ruf einfach an!«
Dann dreht er sich um und verschwindet in den Schatten hinter der Tankstelle.
Audun stopft sich die Flasche in die große Brusttasche seines Anoraks und macht sich auf den Rückweg. Der Schnee knirscht. Der Schneematsch wird abends frieren. Er bleibt stehen und schaut zurück. Der Schneider ist weg.

❄

Jørn versucht die Gedanken auszuschalten. Er will die Finger locker über das Griffbrett laufen lassen, aber sie bleiben hängen. Pappschnee. Die Finger fühlen sich taub und steif an. Sie kämpfen mit den Bändern, sperren sich gegen die Saiten. Aber er darf nicht aufgeben und macht eine neue Runde, in der die Finger der rechten und linken Hand zusammenarbeiten sollen. Die richtige Saite an der richtigen Stelle treffen sollen. Wiederholt das, immer und immer wieder. Schaltet ab. Kommt weg von der Hütte. Hinein in die Musik.

Das ist nicht einfach, allzu viel sperrt sich dagegen. Wir müssen durch diese Wand, denkt er. Alles steht und fällt mit dem abendlichen Üben. Schaffen wir es, eine hinkende Band wieder auf die Beine zu kriegen? Und was soll ich machen? Meine Ideen über Bord schmeißen? Die anderen die Führung übernehmen lassen? Jørn muss einsehen, dass es seine eigenen Ideen sind, die die Wand errichten, an der sich die anderen die Köpfe blutig stoßen. Aber was wollen denn die anderen wirklich?

Audun spielt das, was er spielen muss, aber mehr auch nicht. Er scheint das Ganze gründlich satt zu haben. Trude ist ein Naturtalent hinter dem Schlagzeug, aber immer häufiger merkt er, dass ihre Ideen aufeinander prallen. Es sieht so aus, als wollte sie *Express* eher zum straighten Rock'n'Roll führen, während Jørn mehr Boogie-Töne haben will. Bei ihm soll es rollen und swingen. Und wo steht Elin? Er hat das Gefühl, als würde sie versuchen sich rauszuhalten, und das sieht Elin Helgesen gar nicht ähnlich.

Und dann ist da Hacke. Jørn fühlt, dass die ganze Konstellation noch brenzliger wird, weil Harald Andersen in der Nähe ist. Allzu nahe. Jørn will ihm nicht zeigen, wie sie schuften, er will nach außen nur die Maske zeigen.

Da trampelt jemand die Treppe hinauf. Audun kommt herein.

»Da bin ich. So, jetzt werden wir spielen wie noch nie im Leben!«

❄

»Was ist das?«, fragt Jørn und wirft einen misstrauischen Blick auf Audun, der mit einer Cola-ähnlichen Halbliter-Flasche herumwedelt.
»Keine Sorge, das ist nicht gefährlich. Hausgebräu! Wie maßgeschneidert für Trübsalblaser und perfekt gegen bad vibrations«, erklärt Audun, dreht den Verschluss ab und lässt die Flasche rumgehen.
»Das riecht wie Brause«, sagt Jørn. »Wo hast du das her?«
Audun lacht.
»Der Schneider besorgt das. Und das ist auch Brause. Sozusagen. Nicht so eine Schnapsbrause, von denen die Kneipen überlaufen. Das hier ist was anderes. Spezialmischung, hier aus dem Ort, direkt aus der schönen Natur.«
»Ja, gut, aber was ist es nun?«, fragt Elin genervt.
»Ey, Leute, das brauchen wir wirklich hier«, lacht Audun. Er hält die Flasche hoch und küsst sie.
»Das ist eine Energiebombe. Und dabei vollkommen ungefährlich. Nicht mehr und nicht weniger. Lässt dich ein paar Stunden lang überschäumen. Konzentrierte Kohlensäure für die Seele.«
Es brodelt im Raum. Jørn fühlt den moralischen Druck im Bauch. Nicht rauchen, nicht trinken. Sei vorsichtig mit dem, was du in dich reinkippst. Keine Pillen. Aber

ein Hausgebräu? Und außerdem will Audun doch nur, dass die Band funktioniert!

Sie reden noch eine Weile drüber.

»Ich habe es schon mal ausprobiert. Das funktioniert wirklich«, sagt Audun. »Das ist wie Limonade, aber das Prickeln geht direkt ins Blut. Eine stärkere Ausgabe von XL-1, wenn du so willst. Außerdem könnt ihr es ja noch verdünnen.«

❄

Der Schneider ballt die Fäuste. Flucht. Er steht immer noch im Dunkel außerhalb der Reichweite der Tankstellenbeleuchtung. In seinem Kopf herrscht das reinste Chaos. Er stampft wütend auf der Stelle. Muss sich selbst wieder unter Kontrolle kriegen. Er dreht den Verschluss der Colaflasche ab. Schiebt den Sichtschutz hoch und nimmt einen Schluck. Und dabei war er sicher, dass er alles im Griff hatte.

Wieder hat er das Gefühl, als würde alles nur wie ein Film vor ihm ablaufen. Er ist nur Zuschauer. Aber gleichzeitig hat er die Hauptrolle. Und die muss er wie ein Schauspieler der Spitzenklasse ausfüllen. Einer, der schnelle Szenenwechsel, Kostümwechsel und auch Nebenrollen im Griff hat. Vielleicht hätte er das Ganze anders anstellen sollen? Einfach nur ihren Tod anzeigen und von da aus die Karten spielen sollen? Die Panik hat ihn übereilt handeln lassen und jetzt gibt es keinen Weg mehr zurück. Aber die Wahrscheinlichkeit, dass sie vor dem Frühling gefunden wird, ist weniger als gering. Das

Lawinengebiet liegt ein ganzes Stück von den Loipen entfernt und bei dem zu erwartenden Wetter wird niemand, der einigermaßen Grips im Kopf hat, sich in diese Gegend wagen.
Wenn da nicht dieser Schwachkopf gewesen wäre, der in der Hütte war, bevor er aufräumen konnte. Ich darf seine Visage nicht vergessen, denkt der Schneider, während er auf sein Handy tippt und den Anrufbeantworter noch einmal abhört.

> *Hallo. Hier ist Audun. Ich war um Viertel nach vier in Hütte 16. Wie verabredet. Wo warst du? Ich brauche maßgeschneiderte Ware für heute Abend. Ruf mich zurück.*

Audun! Jetzt hat er sein Gesicht und seinen Namen. Er muss nur so mischen, dass für diesen Idioten die Karten nicht zusammen passen. Außerdem ist es kein Problem, ein bisschen Druck auszuüben, falls das notwendig sein sollte. Die Gedanken werden klarer. Die Ruhe kommt zurück, der Puls geht wieder normal. Er war am Abend in der Hütte und hat aufgeräumt. Das weggeworfen, was weg musste. Seinen Vorrat an einen sicheren Ort geschafft. Die Hütte ist sauber, jetzt kann er sie als vermisst melden.
Der Schneider schaut zu den vielen Lichtern am Hang. Er sieht auch die dunklen Wolken, die bedrohlich am Himmel hängen. Er tritt ein Klümpchen Schnee weg und steuert die Polizeiwache an. Es gibt da einiges, was er herauskriegen muss. Als er gerade den Lichtkegel der

Tankstelle erreicht, piept sein Telefon in der rechten Tasche los.

❄

Polizist Knutsen macht seinen Schneescooter vor dem provisorischen Polizeiposten bereit. Er hätte gern seinen eigenen Yamaha hier gehabt und nicht diesen alten, schlaffen Lynx. Mit diesem Scooter hat er keine Chance gegen die Rowdys im Gebirge. Er kann nur hoffen, dass er allein durch seine Anwesenheit die Leute ohne Scooterführerschein davon abhält loszubrettern.
Aber nicht alle kümmern sich darum. Gestern Nachmittag stieß er am Grenekimmkamp überraschend auf einen Arctic Cat. Der Typ behauptete steif und fest, er habe einen Führerschein, aber auf den Namen Sondre Wikdahl war keiner registriert. Knutsen gab Wikdahl eine Verwarnung und wies ihn an, den Scooter lieber abzustellen. Aber das nachzukontrollieren, dazu fehlen ihm die Möglichkeiten.
Der Polizist überprüft sorgfältig, ob Seil, Spaten und Erste-Hilfe-Ausrüstung auf dem Schlitten verstaut sind, bevor er abschließt und wieder ins Büro geht, verärgert über Touristen wie diesen Wikdahl. Die erobern die Bergwelt für ein paar Tage und führen sich auf, als gehöre alles nur ihnen. Aber Knutsen dämpft selbst seine Wut. Die meisten Leute sind ganz in Ordnung, es sind immer nur Einzelne, die seine Geduld strapazieren. Als Knutsen sich den Schnee abschüttelt, reißt die Wolkendecke auf. Der Mond hängt wie ein bleicher Ballon

zwischen den Wolkenfetzen, fast rund, mit milchigem Schein. Der Polizist will gerade seine Kautabakdose aus der Brusttasche herausholen, als ihm die spöttische Bemerkung einfällt, die Johansen gegenüber einem Kollegen hat fallen lassen, der sich ein Stückchen Tabak genehmigte. Knutsen klopft also nur mit dem Finger auf die Dose, lässt sie aber stecken und geht ins Haus. Anne-Marit Johansen sitzt am Telefon und macht ihm ein Zeichen still zu sein.

»Seit wann ist sie schon vermisst? Ja, gut, aber Sie sind sich sicher, dass sie nicht nur … ja, ja, tut mir Leid. Wir können runterkommen und mal nachsehen. Und eventuell eine Suchaktion vorbereiten. Ja, gut, abgemacht.«

Sie legt auf und nickt Knutsen zu, bevor sie etwas auf den Zettel vor sich kritzelt. Dann starrt sie in die Luft und kaut auf ihrem Bleistift herum.

»Was war das?«

»Eine Line-Cathrine Sørensen ist vermisst gemeldet worden. Schon zum zweiten Mal.«

»Zum zweiten Mal? Was meinst du damit?«

»Zuerst hat ein Sondre Wikdahl angerufen. Sie haben gefeiert und er hat die Sørensen gegen Morgen mit dem Schneescooter nach Hyttelia gefahren …«

»Gefahren?«, unterbricht Knutsen sie. So lange hielt die Warnung also an, denkt er.

»Wikdahl war mit der Dame am Nachmittag verabredet. Als sie nicht auftauchte, ist er unruhig geworden. Er wusste, wo der Schlüssel lag, und in der Hütte fand er den Bescheid, dass sie eine Skitour unternommen hatte …«

Knutsen spürt, dass er kurz vor dem Siedepunkt ist. Dass die Dame nicht zum Stelldichein kommt, reicht ja wohl nicht aus, um sie vermisst zu melden.
»Tja, es ist ja nicht so schrecklich überraschend, dass Leute, die über Ostern in Beitostølen sind, eine Skifahrt unternehmen«, bemerkt er sarkastisch.
»Immer mit der Ruhe«, sagt Anne-Marit Johansen, »du hast die Pointe noch nicht gehört.«
»Und die lautet?«
»Line-Cathrine Sørensen ist weiß Gott keine gute Skiläuferin. Und sie ist garantiert nicht nur mal eben auf eine Spritztour gefahren. Wikdahl konnte sich keinen Reim drauf machen.«
Knutsen nickt. Er sieht ein, dass er etwas mehr Geduld haben muss.
»Und das war nur der Erste?«, fragt er und spürt, wie seine Hand zur Tabaksdose will.
»Ja, jetzt eben hat ein Morten Rønning angerufen und die gleiche Dame als vermisst gemeldet.«
Knutsen unterdrückt sein Verlangen nach Kautabak. Der Name Morten Rønning lässt bei ihm ganz hinten im Kopf eine Glocke läuten, aber er kann seine Gedanken nicht zusammenbringen.
»Bist du sicher, dass es sich um die gleiche handelt?«
»Ja. Falls nicht mehrere mit dem Namen Line-Cathrine Sørensen in Nummer 16 auf Hyttelia wohnen.«
Knutsen ist mit Anne-Marit einer Meinung, dass zwei Vermisstmeldungen an einem Tag schon etwas merkwürdig sind. Allerdings sind sie auch nicht *so* außergewöhnlich.

»Das heißt wahrscheinlich nur, dass es mehrere Personen gibt, die sich Sorgen um sie machen. Wer ist übrigens diese Sørensen?«
»Sie ist freie Journalistin und verbindet hier über Ostern Arbeit und Ferien.«
»Hast du gesagt, dass wir hinkommen?«
»Wir müssen es jedenfalls überprüfen. Rønning wartet in der Hütte. Er weiß, wohin sie gefahren ist. Es steht eine Meldung auf einem tragbaren Computer.« Knutsen kaut auf seiner Zunge. Nickt. Dann waren also sowohl Wikdahl als auch Rønning in der Hütte.
»Hast du den Suchdienst benachrichtigt?«
Anne-Marit nickt.
»Ja. Die Suchaktion wird vom Revier aus geleitet. Im Augenblick haben wir drei, die vermisst werden.«
Knutsen nickt noch einmal. Ein Ehepaar aus Dänemark wurde im Hotel als vermisst gemeldet, kurz bevor er losging.
»Wollen wir mal runter zu Nummer 16?«

❄

Elin wirft einen Blick durch die kleinen Hüttenfensterscheiben nach draußen. Der Mond zeigt sein Gesicht, als die schwere, mit Schnee gefüllte Wolkendecke aufreißt. Dann findet die Skitour morgen also statt. Und so eine andere Art der Herausforderung ist auch nicht schlecht für die Gruppe.
Das Spiel steckt fest. Sie haben eine ganze Weile zusammen geprobt. Anfangs lief es ganz gut. Ganz gut, aber

auch nicht mehr. Da ist kein Pep, nicht mehr Ehrgeiz, als zur rechten Zeit den richtigen Ton treffen zu wollen. Das wird eine Wand von Tönen, aber keine Musik, die mitreißt.

»Prost!«

Elin wendet sich wieder in die Hütte zurück und sieht, wie Audun sein Glas mit dem »Hausgebräu« hebt. Sie nimmt ihr eigenes. Nippt am Inhalt. Der hat einen sonderbaren Geschmack. Frisch, aber gleichzeitig bitter, mit einem leichten Hauch von … Benzin? Obwohl sie ihn doch verdünnt hat. Reichlich verdünnt. Dieses Getränk ist stärker als die Schnapsmischungen, die sie bisher probiert hat. Aber es sieht aus wie Cola. Trude und Jørn mischen eins zu eins. Audun mischt sich einen harten Drink.

»Wollen wir der Musik noch eine Chance geben?«

Jørn lässt einen übersteuerten Ton von seiner Gitarre erklingen. Elin stutzt. Da ist etwas Resigniertes in Jørns Stimme. Wo ist das Prickeln und die Energie, von der Audun so getönt hat?

»Noch einen Versuch? Meinst du damit den letzten?«, fragt Trude und jongliert mit den Trommelschlägern.

Jørn nickt.

»Ja. Wenn jetzt nicht der Knoten platzt, dann müssen wir ohne Vorgaben ran.«

»Habe ich es doch gewusst«, lacht Audun. »Das Gebräu wirkt.«

❄

»Ich verstehe das nicht«, sagt Anne-Marit Johansen. Knutsen schaut seine Kollegin fragend an. Sie sind zusammen mit Morten Rønning in Hütte Nummer 16. Knutsen hat den Namen zuordnen können. Das Gesicht hat für ihn den Ausschlag gegeben: Rønning ist ein Arschloch und er ist der Einzige, der jemals aus dem Valdres Schneescooterclub wegen wiederholtem Rowdyfahren ausgeschlossen wurde.
»Die Vermisste, Line-Cathrine Sørensen, ist freie Journalistin und hier, um das Ostertreiben zu schildern, stimmt das?«
Sie sieht Rønning an, der nickt.
»Aber wieso geht sie auf Bergtour ohne Rucksack und Thermosflasche und vor allem ohne ihre Fotoausrüstung?«
»Keine Ahnung.«
»Nach diesen Zeitungsausschnitten zu urteilen, macht sie auch Fotos. Wir nehmen die mit«, erklärt Johansen entschlossen und sammelt die Ausschnitte zusammen. Als sie den Fotoapparat nehmen will, wirft sie Rønning einen Blick zu.
»Das geht doch in Ordnung? Sie kriegt ja alles wieder.«
»Ja, klar.«
Anne-Marit Johansen setzt sich an den Tisch. Sie bewegt die Maus des Laptops. Schaut sich den Bildschirm an.
»Was hältst du davon?«
Die Nachricht der Vermissten leuchtet ihnen erneut entgegen.

Hallo,
da war doch was mit den Verhaltensregeln im Gebirge? Ich fahre mit den Skiern zum Hornstøl. Bin zum gemühtlichen Abend zurück!
Line-Cathrine

Sie schaut wieder zum Sofa hinüber.
»Zum Hornstøl? Ist es sicher, dass sie so weit gelaufen ist?«
Rønning lächelt. »Sie liebt die Sonne.«
Knutsen schaut Rønning an. Er ist zwar ein Mistkerl, schießt es ihm durch den Kopf, aber trotzdem hat er das Recht, ernst genommen zu werden.
Knutsen spürt die Unruhe, während er die Hütte überprüft. Da ist was in der Luft, irgendwas stimmt hier nicht. Die Küchenanrichte glänzt und blitzt, die Betten sind gemacht. Einer Eingebung folgend guckt er unters Bett. Die Colaflasche ist bis hinten an die Hüttenwand gerollt. Knutsen zieht das Bett vor und steckt sich die Halbliter-Flasche in die Jacke. Die soll sich Johansen ansehen. Er schiebt das Bett wieder an Ort und Stelle und geht zurück ins Wohnzimmer zu den anderen.
»Hast du was gefunden?«, fragt Anne-Marit.
Knutsen schüttelt den Kopf und die Kollegin wendet sich wieder Morten Rønning zu.
»Waren Sie letzte Nacht auch beim Fest bei Sondre Wikdahl?«
Knutsen starrt Morten Rønning an. Lief da ein leichtes Zittern über die Lippen? Flackerten seine Augen ver-

wirrt umher? War da eine Spur von Unsicherheit in der Stimme?
»Nein …«
Sie kommen nicht weiter. Es brummt im Kopf, aber nichts passt zusammen. Sie beschließen, sich am nächsten Morgen früh beim Polizeiposten zu treffen, falls Line-Cathrine Sørensen nicht inzwischen aufgetaucht ist. Als sie aufbrechen wollen, guckt Johansen noch einmal den Laptop an.
»Darf ich mir den auch ausleihen?«
Rønning zuckt nur mit den Schultern. »Von mir aus.«
Draußen dreht sich Knutsen zu Johansen um. Er schaut noch einmal zur Hütte Nummer 16 zurück.
»Irgendwas passt da nicht zusammen. Und zwar mehr als der Rucksack, die Thermoskanne und der Apografieapografat … ich meine, die Kamera.«
»Ganz meiner Meinung. Vielleicht kann das hier uns einen Hinweis geben«, meint Anne-Marit Johansen und klopft auf den Laptop.
»Oder das hier«, erwidert Knutsen und zieht die Colaflasche aus der Jacke hervor.

❄

In der Hütte spürt Jørn, wie der allgemeine Frust von Sekunde zu Sekunde zunimmt. Es klingt einfach nicht. Jeder Ton schleppt sich mühsam dahin. Hängt erschöpft und machtlos auf den Notenlinien. Wird von vier müden Jugendlichen herumgestoßen, die krampfhaft versuchen, Leben in eine Band zu bringen.

»Oh, Scheiße«, flucht er und fährt verzweifelt mit der rechten Hand über die Saiten.
»Nun ja«, murmelt Trude und setzt zu einem leisen Wirbel auf der kleinen Trommel an. Sie lässt ihn ansteigen. Das Vorspiel zur Nationalhymne. Aber das ist ja nun nicht besonders witzig. Und es wird irgendwann ziemlich langweilig, wenn man immer wieder von vorn anfangen muss.
Jørn wendet sich Audun zu.
»Und – was meinst *du*?« Audun leert sein Glas, rülpst und grinst. Dann zieht er den Bass vor den Bauch und fängt an eine funky Folge zu spielen. Hält plötzlich inne.
»Können wir nicht einfach so ein bisschen spielen? Auf diesen Landeswettbewerb scheißen und darauf, wie toll wir da sein müssen?«
Jørn ist seiner Meinung. Sie haben ja sowieso nichts zu verlieren.
»Elin?«
Er versucht mit Elin Blickkontakt zu kriegen. Aber das gelingt ihm nicht so recht. Dabei ist es wichtig, was sie meint.
»Ich weiß nicht«, fängt sie unsicher an, während sie gleichzeitig die Kontrolltasten des Synthesizers eintippt, eine gewaltige, donnernde Lawine von Klanghintergrund hervorbringt, die linke Hand auf den Steuerhebel legt und die rechte flach auf die Basstasten. Sie lässt die Lawine anschwellen. Den Raum erobern.
»Das geht doch nicht um entweder oder«, sagt sie, »viel eher um sowohl als auch!«

»Was?«
»Wir können nicht sagen: Wollen wir es hinkriegen oder aufgeben? Das ist viel zu einfach. Wir müssen üben, strukturiert dabei sein und zusammenspielen. Aber das darf uns nicht die Lust am Musikmachen nehmen. Die Herausforderung besteht doch darin, dass wir das alles zusammen hinkriegen, als *Express*!«
Jørn spürt, wie der Druck nachlässt. Er wirft Trude und Audun einen Blick zu. Kann sehen, dass sie einverstanden sind.
»Okay. Dann scheißen wir jetzt auf den Wettbewerb. Alle guten Vorsätze nützen ja überhaupt nichts, wenn es einfach nicht klappt. Kill your darlings!«
»Warte nochmal eben«, ruft Audun. Er dreht den Verschluss von der Flasche und gießt sich was von dem Gebräu ein, das er mit Cola mischt. »Noch jemand?«
Aber Trude und Elin haben noch etwas in ihren Gläsern. Und Jørn schüttelt den Kopf, spielt einen satten Akkord und koppelt Chorus und Revers dazu. Trude legt den Hall auf den Hi-hat, findet den Puls mit dem Pedal der großen Trommel. Audun hört zu, legt ein tiefes, brummendes E als Basis und findet die harmonisierenden Töne einige Oktaven höher. Jørn wirft Elin einen Blick zu, während sie ihre Lawine mit dem Synth wiederholt. Das baut aufeinander auf, steigt hoch zu einer Klimax. Jørn improvisiert eine Riffrunde. Audun folgt und Trude wird dichter. Elin lässt die Lawine los, tippt schnell auf die Kontrolltasten und unterlegt das Ganze mit einem weichen, flatternden Elektropiano.
Jørn spürt jetzt den Rhythmus. Sie sind wieder ange-

kommen. Er nickt Elin zu, die sich zum Mikrofon vorbeugt und nach einer Art Melodie sucht. Sie fängt an mit Summen, probiert einzelne Worte und Satzfetzen:

Es gibt
Wolkentreiben
festen Druck
Häuserzeilen
zerhackten Dreck

Das Spiel explodiert. Alle vier spüren den Sog und werfen sich hemmungslos in die Improvisation. Sie spielen. Sie leben! Jørn ist voll und ganz dabei. Der Rhythmus ist wieder da. *Express* ist kein unlösbarer Knoten. Sie haben aus der Sackgasse rausgefunden, brauchen aber noch mehr Zeit um weiterzukommen.
Jørn lacht und schaut auf, genau in dem Moment, als die Tür aufgeht und Hacke im Raum steht. Warum muss dieser Scheißkerl ausgerechnet jetzt kommen, als ihre Musik endlich Flügel gekriegt hat?
Die Lawine hält an.
»Verflucht, das klingt ja geil!«, sagt Hacke, ehrlich beeindruckt.
Jørn lächelt säuerlich.
»Soll's hier nicht 'n Stück höher 'n Fest geben?«, fragt Hacke, während er einen Flyer aus seiner Tasche zieht. »Und die Raveparty am Samstag in der Beitohalle habt ihr doch schon eingeplant, oder?«
»Ich weiß nicht so recht«, setzt Jørn an, aber Hacke winkt nur ab.

»Ist doch logo, dass ihr da hin müsst. Da kriegt ihr bestimmt gute Ideen und kommt auf Touren. DJ Cooljuice ist saustark. Und«, sagt er und zeigt auf den Flyer, »wenn ihr hier anruft, kriegt ihr maßgeschneiderte Ware.«
Jørn nickt. Die Telefonnummer ist wie eine getarnte Strichcodenummer gedruckt. Audun hält die Halbliter-Flasche hoch.
»Fürs Erste haben wir genug. Aber ein Fest heute Abend, das ist eine gute Idee!«

❄

Der Schneider geht in Gedanken alles durch, während er sich seinen Overall auszieht. Es gibt keinen Grund zur Panik. Alles ist unter Kontrolle. Er hat überprüft, ob sein Ericsson auch geladen ist, und es in seine Gürteltasche gesteckt. Sicherheitshalber kontrolliert er das Nokia auch noch, steckt es in die Handyhalterung am Armaturenbrett und dreht den Schlüssel um. Der Frontera brummt zufrieden. Er schiebt den Schnee mit den Scheibenwischern zur Seite und legt den Gang ein. Der Wagen fährt los. Es ist an der Zeit, neuen Stoff zu besorgen.

❄

Im Polizeirevier verfolgt Polizist Knutsen beeindruckt, wie Anne-Marit Johansen den Laptop durchsucht. Denn genau das tut sie. Sie durchforscht systematisch den

Computer. Zeichnet den Dateienbaum auf und gräbt weiter, untersucht, wie er aufgebaut ist.
»Sie hat Windows 95 drauf und die neueste Ausgabe von Word. Na, dann machen wir es doch einfach so«, murmelt sie und schließt das Fenster, geht auf Start und in Dokumente und schreibt sich die Liste mit den Dateinamen auf, die auf dem Schirm erscheinen.
»Das sind die letzten Dateien, an denen sie gearbeitet hat. Hmm …«

```
TAG
Toeornottoe
KK
KK-Neu
LIS
LISS
Lichtschutzfaktor
Erdrutsch-C
```

»Was bedeutet das?«
»Genau das müssen wir herausfinden.«
Johansen geht ins Textprogramm und sucht eine Datei nach der anderen.
»Hm«, murmelt sie, »… da komme ich ohne Probleme rein. ERDRUTSCH-C, das sieht aus wie ein längerer Artikel. KK und TAG sind auch Artikel. Anscheinend hat sie sich für die neuen Trends im Jugendbereich interessiert, für Modedrogen und so. Wir können ja mal nachsehen, ob das mit dem übereinstimmt, was von ihr gedruckt worden ist«, sagt sie und blättert in

den Artikeln, die sie aus der Hütte mitgenommen haben.
»Ich kopiere das auf eine Diskette, dann können wir alle Artikel ausdrucken. Aber jetzt lass uns erst mal sehen«, fährt sie fort und schließt das Textprogramm wieder. Während der Drucker arbeitet, liest Knutsen sorgfältig einen der Zeitungsartikel:

To E or not to E?

Die neue Modedroge Ecstasy verbreitet sich schneller als kontrolliert werden kann. Immer neue Mischungen tauchen auf. Die letzte ist GHB oder flüssiges Ecstasy. Das Rezept dafür ist im Internet zu finden. Ihre Kinder können es selbst herstellen!

von Line-Cathrine Sørensen

Sie fühlen sich als Weltmeister und sind so ich-bezogen wie nur möglich. Total »irre im Kopf«, wie sich ein Jugendlicher ausdrückte. Die Welt ohne Rausch ist grau, langweilig und unsicher. Auf dem Trip meint man, alles unter Kontrolle zu haben. Bis dann die Ernüchterung einsetzt.

»Es war furchtbar«, erzählt Arne (15), der jetzt wegen Drogenmissbrauch in Behandlung ist. »Ich war vollkommen down, durcheinander und hatte eine Scheißangst. Hab nur noch 40 Kilo gewogen. Mein Körper hatte einfach keine Kräfte mehr. Und mein Kopf war total durchgeknallt. Ich habe mich nicht getraut ans Telefon zu gehen und war fest davon überzeugt, dass irgendeiner der Leute, die ich auf der Straße getroffen habe, mich umbringen wollte. Nach einer Weile reichte E mir nicht mehr aus, dann bin ich zu Amphetaminen und LSD übergegangen.«

Schlankheitsmittel

Arne ist nicht der Einzige. Oft fängt das mit »der Babydroge« an. Ein geliebtes Kind hat viele Namen, der Stoff wird auch love drug, XTC, love pill oder adam genannt, auch wenn E die üblichste Bezeichnung ist. MDMA wurde zum ersten Mal 1914 von der pharmazeutischen Industrie in Deutschland hergestellt. Damals sollten diese Stoffe als Schlankheitsmittel benutzt werden, aufgrund der starken Nebenwirkungen gingen sie aber nie in Produktion. Außerdem wurden sie vom amerikanischen Militär in einem Programm für chemische Kriegführung getestet.

Diese Drogen werden oft als »Designerdope« bezeichnet. Es handelt sich hier um ein Rauschmittel, das hergestellt wurde, um die Gesetzgebung zu umgehen. Und sobald derartige Drogen von den Gesetzen »eingeholt« werden, tauchen neue auf.

Flüssiges Ecstasy

In letzter Zeit sind mehrere flüssige Varianten aufgetaucht. Die Polizei und die Gesundheitsbehörde haben festgestellt, dass der Stoff GHB (Gammahydroxinbutyrat) in Norwegen in Umlauf ist. Das ist eine Droge, die die Jugendlichen selbst herstellen können. Das Rezept dafür finden sie im Internet. Laut Informationen der Polizei wird GHB oft mit anderen Stoffen vermischt. Man weiß, dass die Droge in kurzer Zeit zu Krämpfen, Spasmen und zum Koma führen kann. Viel erschreckender sind jedoch die Langzeitwirkungen.

Todesfälle

Die Forscher haben außerdem herausgefunden, dass Drogen zu Hirnschädigungen führen, unter anderem zu Beeinträchtigungen des Gehirnteils, der das Gefühlsleben reguliert.

Viele Drogen verändern die Persönlichkeit. Nebenwirkungen sind außerdem Halluzinationen, Schlafstörungen, Angstzustände, Panikanfälle und eine verminderte Sexuallust. In England und Deutschland wurden Todesfälle registriert, die unmittelbar mit Ecstasykonsum verbunden waren.

Die physischen Schäden am Körper sind eine Sache, auf der anderen Seite muss aber auch gesehen werden, dass viele Drogenkonsumenten für lange Zeit psychiatrische Hilfe benötigen. »Der dope hat was mit meinem Kopf gemacht«, sagt Ellen (17), die viele Jahre lang E als Wochenenddroge benutzt hat.

»Stimmt das?«, fragt Knutsen. Anne-Marit Johansen schnaubt. »Diese Sørensen hätte sich lieber mal mit Bjørn Tore Brageli von der Chemischen unterhalten sollen. Das ist unvollständig und voller Fehler. GHB ist kein Ecstasy.«

»Aber die Kollegen vom Drogendienst sagen doch immer wieder, dass Ecstasy in Tabletten, in Pulverform und auch in Flüssigkeiten zu finden ist«, versucht Knutsen es noch einmal.

»Dagegen will ich ja auch nichts sagen.«

»Und was ist GHB dann?«

»Das kennt man aus den Bodybuilderkreisen in den USA Anfang der 90er Jahre. Die Forschung hatte herausgefunden, dass der Stoff die Produktion von Wachstumshormonen fördert. Aber ein Einfluss auf das Wachstum von Muskelgewebe ist nicht bewiesen.«

»Ist das ein Narkotikum?«

»Nun ja, es hat wohl keiner den absoluten Überblick über all die neuen Mischungen, die immer wieder auftauchen. Und es stimmt schon, was die Sørensen schreibt, diese Sachen werden produziert, um die Gesetze zu umgehen. Dass noch nie was beschlagnahmt wurde, heißt ja nicht, dass es das nicht gibt. Aber das ist nicht der Punkt, der Bjørn Tore dazu bringen wird, auf die Palme zu gehen.«

»Was dann?«, fragt Knutsen.

»Solche sensationsheischenden Artikel über so genannte neue Modedrogen spekulieren doch reichlich herum. Und das macht den Rausch für die Jugendlichen umso spannender. Und heizt den Verkauf noch an. Die Drogenhändler reiben sich die Hände auf dem Weg zur Bank. Alkohol ist ein viel größeres Problem, aber das ist nicht so spannend für die Presse.«

Johansen schlägt mit der Hand auf den Tisch, sodass der Bildschirmschoner des Laptops sich auflöst. Sie beugt sich wieder zum Bildschirm vor, legt eine Hand auf die Maus und schließt das Textprogramm. Knutsen wendet den Blick vom Bildschirm ab, hinunter auf die Hand, die sich routiniert durch die Menüs klickt. Er ist fasziniert von den langen Fingern, den roten Nägeln.

»Das habe ich mir doch gedacht.«

Er zuckt zusammen und schaut verblüfft auf. Johansen wirft ihm einen Blick zu und lacht.

»Ich habe die E-Mails gecheckt, sie hat Artikel an Dagbladet und an Kvinner & Klær geschickt. Der letzte, die Datei, die sie LICHTSCHUTZFAKTOR genannt hat, wurde heute zum Dagbladet geschickt. Um 14.37 Uhr! Sagt dir das was?«

Knutsen versucht sich zu konzentrieren, die Gedanken

zu sammeln. 14.37 Uhr. Heute! Hat E-Mail geschickt.
»Aber das bedeutet ja, dass sie zu diesem Zeitpunkt in der Hütte war!«
»Genau! Und die Nachricht von dem Skiausflug wurde um 16.17 Uhr gespeichert! Auf jeden Fall ist es vollkommen sonderbar, dass sie sich so spät am Nachmittag noch auf eine so lange Skitour macht. Hmm ... warte mal, ich möchte wissen, was in dieser Datei steckt, die LISS heißt. Sieh mal an! Man braucht ein Codewort um reinzukommen. Das ist ja interessant.«
Johansen geht zurück zum Dateibaum und stellt fest, dass LISS eine Unterdatei von MEINE DOKUMENTE ist.
»Das ist offensichtlich etwas, das sie für sich behalten will. Nun ja, dann muss man einfach anfangen zu suchen. Hast du eine gute Idee für ein verrücktes Codewort?«
Knutsen schüttelt den Kopf. Er wühlt zwischen den Papieren auf dem Schreibtisch, bis er die Broschüre vom Drogendezernat gefunden hat.

Wirkungen und Risiken

MDMA (3,4-Methylendioxymethamphetamin) oder MDA und verwandte Stoffe haben halluzinogene Wirkungen und stimulieren das zentrale Nervensystem. Das Rauscherlebnis kann deshalb den Auswirkungen der das zentrale Nervensystem stimulierenden Stoffe Amphetamin

und Kokain ähneln wie auch den Einwirkungen halluzinogener Stoffe wie Meskalin und LSD.
Der Rausch tritt normalerweise nach ca. 30 Minuten ein und kann ungefähr 2–3 Stunden andauern. Die Laune steigt durch ein Gefühl allgemeiner Hochstimmung, durch gesteigerte Energie und ein vermindertes Zeitgefühl. Gleichzeitig werden Appetit und Müdigkeit gedämpft. Der Benutzer fühlt sich optimistischer und sieht das Leben rosiger.
Wer Ecstasy häufiger schluckt, kann ein starkes Glücksgefühl erreichen und jeden Menschen und jede Situation als positiv erleben. Einige fühlen sich physisch und psychisch ihren Mitmenschen überlegen. Bei hoher Dosierung wächst das Risiko, in einen Zustand geistiger Verwirrung zu verfallen. Halluzinationen, oft gefolgt von Verfolgungswahn und psychoseähnlichen Zuständen, können bei größerer Einnahme von Ecstasystoffen eintreten.
Es hat sich herausgestellt, dass Ecstasy keineswegs ein harmloses Rauschmittel ist. Ecstasy in Verbindung mit physischer Aktivität wie ausdauerndem Tanzen kann eine gefährliche Kombination ergeben. Die Einnahme von Ecstasy führt zu schnellerem Puls, erhöhtem Blutdruck und erhöhter Körpertemperatur. Physische Aktivitäten können diese Symptome drastisch verstärken und eine erhebliche Belastung des Herzens, des Kreislaufs und anderer Teile des Organismus mit sich bringen. Daraus haben sich ernste Krankheitszustände auch bei den Personen ergeben, die vorher nie irgendwelche Krankheitssymptome an sich feststellen konnten. Der Herzinfarkt kann eine Folge sein. Andere mögliche Folgen sind Schädigungen

in den Blutgefäßen des Gehirns in Form eines Hirnschlags oder Gehirnblutungen. Das sind seltene, aber dennoch wichtige und äußerst ernst zu nehmende Nebenwirkungen von Ecstasygebrauch. MDMA und verwandte Stoffe können den wärmeregulierenden Mechanismus des Körpers außer Funktion setzen und sie können, kombiniert mit lang anhaltendem Tanz in heißen, engen Räumen, zu einer Überhitzung und einem Kollaps führen. Es sind mehrere Todesfälle nach der Einnahme von Ecstasy nachgewiesen.

❄

Elin schnappt sich ihre Jacke und verlässt die Hütte. Ihr reicht's. Sie braucht Zeit, um allein in Ruhe nachzudenken.
Jørn ist total durchgedreht, als Hacke in der Tür stand. Trude kam ins Rotieren und Audun hat noch ein Glas geholt. Aber Elin selbst wollte sich einfach nur zurückziehen. Das Zusammenspiel, das endlich gefunkt hatte, war zusammengebrochen. Hacke gehört nicht zum *Express,* da war sie mit Jørn einer Meinung.
»Wir können ja gern was improvisieren, aber keine *Express*-Lieder. Heute nicht«, hatte Jørn auch sofort gesagt.
»Das wird wohl das Beste sein«, hatte Audun herausgeprustet. Trude, Hacke und Audun fanden schnell einen gemeinsamen Ton am Tisch. Jørn war eine Weile hin und her gelaufen, hatte über seiner Gitarre gehangen

und etwas auf einem Zettel notiert. Vielleicht brachte die Improvisation sie ja auf neue Ideen? Aber Elin hatte erst einmal raus gemusst, um ein bisschen frische Luft ins Chaos in ihrem Kopf zu kriegen.

Sie schaut über die Hüttensiedlung und die gezackten Berge, die aus der Schneelandschaft im Mondschein aufsteigen. Der Mond ist fast rund und das bleiche Licht legt sich auf die Hügel. Wolken jagen über den Himmel und verbergen die Sterne. Dann reißen sie auf und werden vom Horizont aufgesogen. Das kann morgen eine schöne Skitour werden, denkt Elin. Sie zieht ihre Jacke fester um sich und geht langsam den Trampelpfad zur Straße hinunter. Weiter unten bleibt sie an der Schneeburg stehen, die die Kinder aus der Nachbarhütte gebaut haben. Sie lächelt, kriecht hinein und schaut durch ein Loch in der Burgwand hinaus auf das flackernde Kerzenlicht in den Fenstern der Nachbarhütte. Diese Schneeburg eignet sich gut zum Nachdenken.

Elin setzt sich auf das Tannenzweigsofa und lehnt sich mit dem Rücken gegen die kühle Wand. Sie schaut zum Mond hinauf, der wie ein einsames Auge hoch über ihr hängt. Im Moment hat sie wirklich keine Lust auf Festgejohle und spürt, wie sie wütend wird auf Audun. Sie will nichts mehr von diesem Hausgebräugesöff trinken. Jørn und Trude haben sich auch zurückgehalten, aber Audun hat nichts anbrennen lassen und auch Hacke hat nicht Nein gesagt. Und anscheinend wirkt es ja tatsächlich, denn nach einer Weile hatten die zwei ziemlich viel Power entwickelt. Sie hatten den CD-Player angestellt

und waren in der Hütte herumgetanzt. Hacke war deutlich scharf auf Trude gewesen und die fand das offensichtlich auch ganz spannend.
»Komm mit zu mir ins Hotel«, hatte Hacke ihr vorgeschlagen. »Da gibt's von allem was und wir können es einfach auf Drei-Fünfzehn anschreiben lassen.«
Aber das hatte Trude nicht beeindruckt und Elin hatte es amüsiert, mit anzusehen, wie diese Angeberei einfach an ihr abgeprallt war.
Plötzlich wird eine Tür geöffnet und lautes Gejohle klingt über den Abhang hinaus in die Mondnacht. Kommt Jørn ihr nach? Nein – das kommt nicht aus ihrer Hütte. Elin hört Schritte, die sich auf dem Trampelpfad nähern. Sie bleiben direkt vor der Schneeburg, in der sie sitzt, stehen. Elin hält die Luft an und sie weiß nicht warum, aber mit einem Mal scheint es ihr wichtig, dass sie nicht entdeckt wird. Sie will mit ihren Gedanken allein sein. Sie erwartet, ein Gesicht über dem Rand der Schneeburg zu sehen, aber stattdessen hört sie nur, wie jemand auf sein Handy tippt.
»Der Schneider? Um halb elf? Abgemacht!«
Irgendwie kommt ihr die Stimme bekannt vor. Ist das Sondre Wikdahl? Ist er dieser Schneider, von dem Audun geredet hat? Sie lauscht seinem Atem. Er kann nur ein paar Meter von ihr entfernt sein.
»Okay!«
Das Gespräch wird beendet und die Schritte verschwinden schnell wieder nach oben.
Elin atmet tief durch. Was bedeutet das, was sie da gehört hat? Sie kommt auf die Füße und guckt über die

Burgmauer. Ein Mann öffnet die doppelte Garagentür unter der Veranda des Palasts. Dann hört sie das Brummen eines Motors und ein Schneescooter heult auf und fährt in die Nacht hinaus, donnert an der Burg vorbei, hinunter auf Beitostølen zu. Es ist unmöglich zu erkennen, wer da fährt, denn der Fahrer hat einen Helm auf. Elin beschließt, dass das nicht so wichtig ist, sie lässt ihn fahren und lehnt sich wieder mit dem Rücken gegen die Schneeburg. Ein Telefon. Plötzlich muss sie unbedingt mit Joachim reden. Es ist erst Viertel nach zehn, also kann sie noch anrufen. Sie hat keine Lust, sich das Handy von Audun auszuleihen, und beschließt zur Telefonzelle hinunterzugehen. Sie krabbelt aus der Burg, bürstet sich den Schnee ab und schlägt den Trampelpfad ein.

❄

»Sonst keine Ideen?«
Knutsen schüttelt den Kopf. Sie haben alle Wörter, die ihnen nur eingefallen sind, als Codewort ausprobiert, um in die Datei zu kommen, die LISS heißt. Ohne Erfolg. Jedes Mal wurden sie an der Tür abgewiesen. Keine Begrüßungsfanfare, weder mit DOPE, noch mit MODE oder TAG, BERGRUTSCH, E oder einem der anderen Worte, die sie versucht haben.
»Sollen wir aufgeben? Es ist wahrscheinlich wichtiger, den Film in der Kamera entwickeln zu lassen.«
»Ich weiß nicht. Irgendwas sagt mir, dass diese Datei etwas Wichtiges verbirgt. Aber während ich hier weiter-

hacke, kannst du ja versuchen, ein bisschen mehr über Rønning und Wikdahl herauszukriegen.«
Knutsen nickt, obwohl er am liebsten Feierabend machen würde. Er schiebt den Stuhl zum Computer und beginnt mit der Suche im Zentralregister. Sie mussten zunächst darauf drängen, für den provisorischen Osterposten überhaupt einen zweiten Computer mit Direktzugang zu kriegen. Und auch jetzt scheint es, als würde der Polizeiapparat die ganze Zeit gegen sie arbeiten. Sie mussten sogar ihre Wagen mit Vierradantrieb abgeben. Jetzt sind Mondeos mit Vorderradantrieb geleast worden. Diese Wagen sind ja eigentlich in Ordnung, können aber bei Schneeverwehungen nichts ausrichten. Und die gibt es ja das halbe Jahr hier oben. Als er den Anhänger mit dem Lynx drauf unten in der Polizeigarage von Skammestein abgeholt hatte, hatte Knutsen auf alles geschimpft, was da Etat heißt. Der Wagen benahm sich wie ein ausbrechender Schlitten und drehte im Schnee durch.
Knutsen spürt, wie müde er ist. Er braucht eine Tasse Kaffee.
»Ich brauche ein bisschen Koffein. Du auch?«
»Warte«, lacht Johansen und tippt schnell KAFFEE ein. Es wird abgelehnt. »Ich möchte lieber eine Brause.«
»Versuch das ruhig«, lacht Knutsen, während er in die Kochecke geht.
»Du wirst es nicht glauben! Bingo!«
»Was?«
»Ich habe BRAUSE als Codewort benutzt und jetzt öffnet sich die Welt für uns!«

❄

Elin steht in der Telefonzelle und wartet nervös, während es im Hörer tutet. Geh ran! Aber niemand nimmt ab am anderen Ende der Leitung. Was macht Joachim jetzt? Vielleicht bastelt er ja draußen in der Garage herum oder er ist mit den anderen in Fagernes oder …
Elin steht mit dem Hörer in der Hand da. Da entdeckt sie plötzlich einen Schneescooter, der aus den Schatten herausgleitet. Eine Person tritt aus dem Dunkel und geht auf den Scooter zu. Einige Sekunden lang stehen die beiden beisammen, dann gibt der Scooter Gas, macht eine scharfe Kurve auf dem einen Ski und verschwindet wieder in den Schatten. Elin verfolgt ihn mit dem Blick, bis sein Rücklicht hinter einem Schneehügel verschwindet. Als sie wieder zu dem Treffpunkt sieht, ist die andere Person ebenfalls verschwunden.
Elin versucht es noch einmal bei Joachim, aber sie bekommt keine Antwort. Kurz überlegt sie zu Hause anzurufen, lässt es dann aber doch und geht langsam wieder zur Hütte hinauf. In weiter Ferne sieht sie, wie der Schneescooter die Straße kreuzt und die Anhöhe zum Palast hochfährt.

❄

Jørn beugt sich über den Notizblock und studiert seine Kritzeleien. Da ist was. Die Fragmente von etwas, das herausgelockt werden kann, um dann was zu werden. Vielleicht der Anfang für einen neuen Titel. Wenn Ha-

cke nicht gekommen wäre, hätten sie es möglicherweise besser hingekriegt.
Am liebsten würde er in die Koje kriechen, aber er merkt, dass er doch nicht einschlafen könnte. Da hämmert es an die Tür und Sondre Wikdahl steckt seinen Kopf herein.
»Habt ihr nicht Lust, eure Fiedeln zu nehmen und bei uns vorbeizuschauen? Da ist einiges am Laufen.«
Jørn spürt, wie sich sein Inneres zusammenzieht. Dazu hat er auf gar keinen Fall Lust. Aber die anderen springen auf die Beine und ziehen ihn mit.

❄

Elin hört das Gejohle vom Palast, als sie den Trampelpfad zur Hütte hinauftappt. In Höhe der Schneeburg entdeckt sie Jørn, Trude und Audun zusammen mit Sondre Wikdahl, der den Scooterhelm in einer Hand schaukeln lässt, auf dem Weg zum Palast hinauf. Sie ist nur froh, dass sie nicht da war. Jetzt hat sie ein bisschen Zeit für sich allein, bevor sie ins Bett kriecht. Sie kann sich die Karte angucken und eine Route planen, die alle schaffen. Sie muss berücksichtigen, dass ihre Freunde morgen in unterschiedlicher Form sein werden. Sie schaut nach oben. Es ist dunkel und der Himmel ist jetzt fast vollständig mit dichten Wolken bedeckt.
»Morgen kann es trotzdem schön werden!«
Elin zuckt zusammen und dreht sich um. Der Familienvater von der Nachbarhütte steht zehn Meter von

ihr entfernt. Er hatte wohl ein dringendes Geschäft draußen zu erledigen.
»Ja. Wir haben geplant, morgen eine Skitour zu machen. Vielleicht zum Olevatn …«
»Na, es kann ja sein, dass die Wettervorhersage sich irrt. Das können sie doch eigentlich immer am besten!«
Elin nickt. Aber die Worte bleiben ihr im Gedächtnis haften. Was meint er damit? Sie hat keine Wetternachrichten gehört und jetzt hat sie auch keine Lust dazu. Das Wetter morgen ganz früh muss eben den Ausschlag geben.
»Schlaf gut … wenn es überhaupt möglich ist zu schlafen«, lacht er und deutet zu den Palästen hin. Laute Stimmen klingen in die Nacht.
»Das werde ich schon«, erwidert Elin und geht zur Hütte. In diesem Moment fängt es an zu schneien. Elin setzt sich vor den Kamin und lässt die Gedanken einfach wandern, während die letzten Scheite ausglühen. Dann kriecht sie mit einem Krimi ins Bett und liest, bis ihr die Augenlider ganz von allein zufallen. Das gehört zu richtigen Ferien dazu: Kein Urlaub ohne eine Leiche im Gepäck!

❄

Polizist Knutsen gießt sich einen Kaffee ein. Er ist müde, aber er kann ja schlecht Feierabend machen, wenn seine Kollegin so emsig bei der Sache ist.
»Das sieht nicht besonders witzig aus«, sagt er.
Anne-Marit Johansen schüttelt nachdenklich den Kopf.

»Das sind irgendwelche Missing Links hier. Das ist nicht mit einem klaren Kopf geschrieben«, erklärt sie und deutet auf den Bildschirm. Knutsen beugt sich näher vor und liest Bruchstücke aus dem Text:

… spüre die Anziehungskraft des Hohlraums die mich über den Rand nach unten zieht es gibt kein Geländer und die Kräfte zerrinnen durch die Löcher im Boden …
… der Donner in weiter Ferne kommt langsam näher wächst an ich wappne mich gegen den Fall warte auf die Sekunde wenn der durchlöcherte Boden zerbirst und ich in die hungrigen Wirbel falle die Tage und Nächte und das Licht verfolgen bis in ein unendliches Chaos ohne Luft Ruhe Stille da öffnet sich ein Raum eine stille Lichtung die anlockt ich spüre das Magnetische und beuge mich vor damit die Haut die Stille berühren kann aber als sich die Hand schutzlos nähert öffnet sich der Himmel und begräbt mich in der Dunkelheit …
… Flammen stürzen in den Raum und recken sich mir entgegen und bohren sich in die Wand während das Dach lacht als es mir entgegen fällt und ich muss schlafen schwimmen flllllllllllllllllll

Der Rest der Datei besteht nur aus ls. Das Ganze wirkt ziemlich krank, nicht wie die Tagebuchnotizen einer gesunden Person.

»Ich muss mir das näher angucken. Da passt einiges nicht zusammen, irgendwas mit den Gebirgsaufenthaltsregeln, den Zeitungsartikeln und dem hier. Aber was?«

»Ich weiß nicht«, murmelt er und spürt, wie seine Unterlippe zuckt. Als würde sie nach Tabak schreien. Er widersteht, zwingt die Gedanken daran weg.

Er hat einige Informationen über Rønning und Wikdahl herausgekriegt. Morten Rønning ist in Fagernes gemeldet und war in verschiedene undurchsichtige Geschäfte verwickelt. Bisher nicht vorbestraft, aber mehrmals im Blick der Polizei gewesen. Wikdahl ist der Sohn eines Importeurs von Luxusautos, der außerdem versucht, sich auf dem Markt als Importeur von superschnellen Schneescootern einen Namen zu machen.

»Aber das muss bis morgen warten. Wir werden nach ein paar Stunden Schlaf garantiert besser denken können.«

»Ganz meiner Meinung. Ach, übrigens: Hast du mit Oslo geredet?«

»Ja. Die Proben sind bei der Chemischen eingetroffen. Wir haben Glück. Bjørn Tore hat Dienst und nimmt sie sich morgen früh vor.«

Freitag

Eins

Elin ist früh aufgestanden, hat nach dem Wetter Ausschau gehalten und schnell beschlossen, dass aus dem Ausflug etwas wird. Auch wenn es im Laufe der Nacht ein bisschen geschneit hat, rechnet sie doch damit, dass die Loipen frei und präpariert sein werden. Sie hat bereits Brote geschmiert und etwas zum Trinken eingepackt, den Frühstückstisch gedeckt und dann versucht, die anderen drei zu wecken. Sie hatte gerade noch registriert, dass Trude irgendwann in der letzten Nacht ins Bett gekommen war, hatte aber keine Ahnung, wann. Trude kam dann zwar nicht gerade schnell aus dem Bett, aber sie ist sowieso kein Morgenmensch. Als Elin das erste Mal an die Tür zu den Jungs geklopft hatte, hatte sie nur ein fernes Grunzen zur Antwort erhalten. Ihr war klar, dass es eine Weile dauern würde, bis sie für ihren Skiausflug bereit sein würden. Aber sie mussten mit und wenn Elin sie zu den Loipen tragen müsste. Jørn kam schließlich langsam hoch und wurde dann auch einigermaßen schnell wach, während Audun sich

nur knurrend in seinem Schlafsack zusammenkrümmte. Sie mussten lange warten, bis er bereit war, sich die Skier unterzuschnallen. Aber schließlich kamen sie doch noch los.
Elin genießt die Fahrt. Endlich hat sie richtige Skier an den Beinen. Das Wetter ist in Ordnung. Es schneit nicht mehr. Sie haben heute Morgen zwar nicht die Wetternachrichten gehört, aber sie wollen ja sowieso nicht so weit und schon gar nicht ins unwegsame Hochgebirge. Nur gespurte Loipen entlang.
Elin hat geplant, bis zum Olevatn zu gehen, dann nach Nordwesten hin zu den Hügeln südlich von Gravolskampen. Da gibt es schöne Plätze fürs Picknick und zum Sonnenbaden. Und die Möglichkeit, quer hinüber abzukürzen, wenn sie keine Lust haben ganz herumzugehen. Die Sonne kämpft darum, sich durch die Wolken zu zwängen, die über den Himmel jagen. Am Horizont wächst im Südosten ein Riesenberg dunkler, schwerer Wolken. Elin behält sie im Blick, weiß, dass es sich hier um keine Schönwetterwolken handelt. Wetter, das aus dem Westen kommt, hält sich oft lange in den Bergen. Aber vom Südosten her hat das schlechte Wetter freie Bahn. Wenn es zu schlimm wird, müssen sie umkehren.
»Wir sind bald oben«, ruft sie und dreht sich um, um zu sehen, ob die anderen kommen. Sie liegen fünfzig Meter zurück. Anscheinend ist sie in deutlich besserer Form als die anderen drei und das ist ja auch nicht allzu verwunderlich. Trotz allem hat sie jedenfalls die Nacht über geschlafen. Jetzt ist es also angesagt, die Gruppe beisammen zu halten.

»Es geht abwärts!«, ruft Elin und winkt den Freunden aufmunternd zu, die sich damit abmühen, den Berg zu erklimmen. Es wird wohl das Beste sein, wenn ich warte, denkt sie und nimmt den Rucksack ab. Eine psychologische Pause mit Schokolade. Trude sammelt wieder Kräfte und Jørn kommt schon klar. Aber um Audun macht sie sich Sorgen. Er ist ganz grün im Gesicht.
»Sind wir da?«, fragt Jørn, als er oben ankommt und seinen Körper über die Stöcke hängt. Elin lacht.
»Die Tour hat doch gerade erst angefangen. Aber wir sind auf dem höchsten Punkt. Ab jetzt gibt es für eine Weile nur Abfahrten und seichtes Gelände«, erklärt sie und zieht die Karte hervor. »Hier stehen wir, am Knausehøgdi, wir wollen vorbei am Oledal und dann hoch zum Gravholskamp.«

❄

Knutsen merkt selbst, wie wütend er ist, als er den Lynx startklar macht. Er war ziemlich überrascht, als Morten Rønning sich beim Polizeiposten für die Suchmannschaft zur Verfügung gestellt hatte.
»Wollen Sie mit suchen kommen?«, hatte er gefragt und sich dabei krampfhaft bemüht, sein Gesicht ausdruckslos zu halten.
»Na logo. Es ist besser mitzusuchen, als nur passiv rumzusitzen und zu warten«, hatte Rønning geantwortet.
Knutsen hatte genickt und sich auf die Dinge konzentriert, die gemacht werden mussten. Außerdem war noch ein Ehepaar im Laufe der Nacht als vermisst ge-

meldet worden. Also mussten sie mehrere Suchmannschaften bilden. Er hatte sich entschieden lieber allein zu fahren, Anne-Marit Johansen bleibt zurück auf dem Posten.
Knutsen will gerade den Lynx starten, als seine Kollegin auf der Treppe erscheint.
»Ein Fax von der Kripo«, sagt sie und winkt mit dem Blatt Papier. »Willst du es lesen, bevor du losfährst?«
»Ja«, nickt Knutsen und schiebt den Sichtschutz am Helm nach oben.

Telefax

An:	Polizistin Anne-Marit Johansen, PT Beitostølen
Telefaxnr.:	613 64 64 64
Von:	Kripo, Labor, Chemische Abteilung Bjørn Tore Brageli

Bericht über die Laboruntersuchung der KRIPO
– Chemische Abteilung –

☐ Vorläufiger Bericht
☐ Abschlussbericht

Kommentar: Hallo Anne-Marit,
braun geworden?
Hier kommt der vorläufige
Bericht. Da gibt's einiges
zu tun. Bjørn Tore

Der Fund:
Der beschlagnahmte Fund, gestern um 22.27 Uhr von der Chemischen in Empfang genommen,ergibt nach einer vorläufigen Untersuchung Folgendes: Das beschlagnahmte Gut enthält 0,78 dl Flüssigkeit dunkler Farbe, die folgende chemische Stoffe enthält:

* Wasser (H_2O)
* Säure (Kohlendioxid)
* E 338 und E 330, säureregulierende Mittel
* E 300 Antidoxians
* Koffein

* Farbstoff E 150d
* E 445 und E 412 Stabilisatoren
* Gammahydroxybutyrat (GHB)
* Nicht identifizierte Komponente. An GTI geschickt.

Beurteilung:
Der Fund kann eine verwandte, bisher unbekannte Variante von Gammahydroxybutyrat (GHB) sein, das in einigen, eher »hysterischen« Zusammenhängen (wie in Boulevardzeitungen und im Internet) fälschlicherweise als »flüssiges Ecstasy« bezeichnet wird. Gammahydroxybutyrat oder GHB wurde ursprünglich als Betäubungsmittel benutzt. Es war und ist immer noch ein Medikament, das in verschiedenen europäischen Ländern verabreicht wird. Es wird vor allem bei Hirnödem, Narkolepsie (erhöhtem Schlafbedarf), Tachykardie erhöhter, aber regelmäßiger Herzfrequenz) und Alkoholismus angewandt. GHB wird illegal in Form von Tabletten,

weißem Pulver oder als farblose Flüssigkeit umgesetzt. Es wird oral eingenommen. In kleinen Dosen erzeugt GHB einen stimulierenden und rauschähnlichen Effekt. Nebenwirkungen bei Missbrauch können sein: unkontrollierbare Müdigkeit, Übelkeit, Erbrechen, Schwindelgefühl, Zittern, Krämpfe, Bewusstlosigkeit, Atem- und Herzinsuffizienz. Die Symptome treten innerhalb der ersten Stunde nach der Einnahme auf und verschwinden normalerweise nach ein paar Tagen. Wie ernst die Nebenwirkungen sein können, hängt zum Teil von der Menge und zum Teil davon ab, ob das Präparat in Kombination mit anderen Stoffen wie z. B. Alkohol, Opiaten oder Benzodiazepinen (Valium und Rohypnol o. ä.) eingenommen wurde. Der Effekt des Präparats ist individuell verschieden. Die Dosis an GHB, die eine bestimmte Person »verträgt«, kann bei einer anderen zur Bewusstlosigkeit führen. Es war bereits mehrere Male notwendig, einen Konsumenten im Krankenhaus künstlich zu beatmen. Auch Todesfälle sind dokumentiert.

Zusammenfassung:
Der Stoff ist ungesetzlich und es müssen Maßnahmen ergriffen werden, weitere Funde zu beschlagnahmen/die Quelle zu finden. Der Fund wurde für weitere Analysen an das Gerichtstoxikologische Institut weitergesandt.

Bjørn Tore Brageli

❄

Jørn lässt die Skier den Hügel hinuntergleiten. Er spürt noch die Nachwirkungen vom gestrigen Snowboardfahren in den Waden. Er kommt gut in Fahrt und holt Elin ein, die vor ihm in der Hocke fährt.

»Loipe!«, ruft er, als er merkt, wie der Abstand zu Elin immer kleiner wird. Elin wirft einen Blick über die Schulter und tritt aus der Spur. Der Schnee pappt und sie muss um ihr Gleichgewicht kämpfen, aber sie kann sich auf den Beinen halten. Jørn richtet sich auf und lässt die Skier auslaufen, bis sie von allein anhalten. Jetzt hat er das Gefühl, gut in Form zu sein. Die frische Gebirgsluft repariert sein ganzes Körpersystem. Elin kommt an seine Seite.

»Was hast du mit deinen Skiern gemacht?«

»Gar nichts. Deshalb laufen sie wohl so gut«, lacht er und dreht sich um, um zu sehen, wo die anderen beiden bleiben.

Trude hat sich zusammengekrümmt, um mehr Fahrt zu kriegen, aber ihre Skier sind nicht besonders gut präpariert, deshalb muss sie auf den letzten Metern mit den Skistöcken nachhelfen.

»Das geht einfach alles zu langsam«, nörgelt sie.

»Wo bleibt Audun?«, fragt Elin. Sie will nicht über diesen Ausflug diskutieren. Abgemacht ist abgemacht. Trude lacht!

»Als ich an ihm vorbeigefahren bin, habe ich nur ein Paar Skier gesehen.«

»Ist er hingefallen?«

»Allerdings, und es ist ja auch kein Wunder, dass er heute nicht so recht den Kurs halten kann.«

»Hat er viel von dem Hausgebräu getrunken?« Trude zuckt mit den Schultern.
»Auf jeden Fall mehr als genug.«
In dem Moment hören sie ein Johlen und Audun kommt den Hügel herunter. Er steht kerzengerade auf seinen Skiern und hat die Arme zur Seite ausgestreckt, als wäre er gekreuzigt. Ja, ja, schließlich ist heute Karfreitag, denkt Jørn und hat starke Zweifel, ob Audun es wohl schafft, bis ganz unten auf den Beinen zu bleiben.

❄

Audun lässt die Fahrt ausebben. Geschmolzener Schnee läuft ihm übers Gesicht. Wo ist das Licht geblieben? Sein Körper kocht und ihm ist, als würde der Schnee um ihn herum keuchen und stöhnen. Er kann die Arme nicht bewegen, schwankt und versucht Slalom zu fahren, um sich auf den Beinen zu halten. Seine Augen versuchen, die drei unten am Fuß des Hügels in den Blick zu kriegen, aber alles zerfließt auf dem weißen Laken und wird zu springenden Hasen, die lachen, dass sie sich schütteln. Er spürt, dass seine Finger in den Schlaufen der Skistöcke festsitzen, und da öffnet sich ein riesiges Loch im Schnee. Er wird vom Boden angezogen und schreit, als er auf ein Gewimmel rollender Köpfe fällt.

❄

Der Schneider hält den Scooter an und sieht zufrieden zu den dunklen Wolken hoch, die immer näher kom-

men. Er kann sich jetzt sicher fühlen. Der nächtliche Schneefall wird die Spuren der Lawine zudecken. Und wenn sich das Unwetter über die weißen Hochebenen ausbreitet, werden die Reste der Lawine von dem peitschenden Schnee ausgelöscht und es wird bis weit in den Frühling dauern, bis sie gefunden wird. Um dann in einer langweiligen Statistik zu verschwinden.
Es war wirklich ein kleiner Geniestreich einzutippen, dass sie nach Westen gegangen ist, zum Hornstøl. Jetzt, wo die Suchaktion meilenweit von der richtigen Stelle entfernt ausgeführt wird, kann er erleichtert aufatmen. Er zündet sich eine Zigarette an und plant den kommenden Abend. Auf jeden Fall darf er nicht vergessen, das Ericsson aufzuladen. Nach der Zigarette wendet er sich wieder Beitostølen zu.

❄

Trude zieht Audun aus dem Schnee hoch. Er hat sich nicht verletzt, aber offensichtlich ist er nicht ganz klar im Kopf.
»Was ist passiert?«, fragt sie.
Audun schüttelt verwirrt den Kopf.
»Ich weiß nicht … es war, als würden Köpfe neben der Loipe runterrollen und dann …«
Er verstummt. Trude weiß, dass es nicht das erste Mal ist, dass Audun halluziniert. Aber normalerweise macht er selbst seine Scherze drüber. Das versucht er jetzt gar nicht erst. Sie wünschte, sie wäre an einem anderen Ort. Auf dem Hügel mit dem Brett. Zusammen mit Ha-

cke. Er gefällt ihr immer besser und sie kann nicht verstehen, warum Jørn ihm gegenüber so wortkarg ist und warum Elin sich ganz und gar von ihm zurückzieht.

»Wollen wir weiter?«

Trude sieht Elin an. Warum nur ist ihr diese Tour so wichtig? Sie müssen doch nicht unbedingt so schrecklich weit kommen!

»Ich … ich glaube, ich bleibe hier«, lächelt Audun und hebt einen Fuß. Der Ski bleibt in der Spur liegen, die Bindung hängt am Schuh. Elin spürt, wie der Wind zunimmt. Der Neuschnee wird hochgeweht und wölbt sich wie ein weicher Teppich. Mit einem Seilende, das sie in der Seitentasche ihres Rucksacks hatte, bindet sie Auduns Schuh an den Ski. Es hat gar keinen Sinn, nach den Schrauben für die Bindung zu suchen.

»Eine Nadel im Heuhaufen ist dagegen ein Kinderspiel«, sagt Jørn und lässt sich fallen. Audun und Trude plumpsen neben ihm in den Schnee.

Elin zieht sich zurück. Sie muss nachdenken. Das ist im allerschlimmsten Gebiet passiert. Sie sind weit weg von jeder Hütte und sie hat auch keine Reserveausrüstung mit. Es würde länger dauern zurückzugehen, weil sie dann alle Abhänge wieder hochgehen müssten. Sie muss versuchen eine Spur zu finden, die ihre kreuzt, und dann nach Westen gehen.

Schließlich kommen sie wieder los. Langsam. Audun geht als Erster, den Schuh an den Ski gebunden. Ihre Laune ist laut und scheppernd in den Keller gefallen. Elin schaut ängstlich auf die schweren Wolkenformationen, die sich über sie schieben, die Sonne verdecken und das klare Himmelblau mehr und mehr ausradieren. Das geht ganz schnell. Das Gebirge verändert sein Gesicht. Nach ein paar Minuten hört sie, wie der Wind immer wilder über die weißen Ebenen jagt, den Neuschnee immer höher hebt und herumwirbelt. Schneller und schneller, bis die Sicht sich Meter um Meter verschlechtert. Da entdeckt sie die Scooterspur, die schräg nach Westen abbiegt, auf die Anhöhen südlich von Gravolskampen zu.

»Wir folgen dieser Spur«, ruft sie und zeigt mit dem Skistock in die Richtung.

»Follow the leader«, ruft Jørn. Seine Stimme wird vom Wind geschluckt und weggerissen.

Elin zieht die Anorakkapuze fester zu und folgt der Scooterspur schräg den sanften Abhang hinauf. Der Wind nimmt zu und drückt ihr in den Rücken. Die Kälte kriecht durch die Kleidung. Kneift. Wenn sie umdrehen, peitscht ihnen der Eisschnee ins Gesicht und in die Augen. Sie kämpfen sich zwischen zwei Höhenzüge, aber der Wind nimmt immer nur weiter zu. Ihnen wird klar, dass sie nicht weiterkommen.

❄

Polizist Knutsen geht mit der Fahrt runter und späht über den weißen Teppich. Niemand zu sehen. Er wirft einen Blick zu der pulsierenden weißen Wand empor, die hinter ihm im Südosten immer noch weiter anwächst. Das Unwetter wandert tatsächlich auf ihn zu. Er wird es kaum vor dem Schneesturm bis Hornstøl schaffen.

Knutsen ruft die Wachstube und meldet, wo er ist, dann schiebt er sich wieder die Brille auf die Nase, spannt alles noch einmal nach und fährt auf den Smerkollen zu. Er fährt parallel zur Loipe. Nach nur wenigen Minuten wird der Scooter von der Schneewand eingeholt. Die Sicht reduziert sich auf ein paar Meter und er ist gezwungen, beträchtlich mit der Geschwindigkeit herunterzugehen und auf die gespurten Loipen auszuweichen. Er muss zurück. Knutsen hält an und kontrolliert den Kompasskurs. Dann wendet er den Scooter.

Es ist, als wäre der Himmel niemals blau gewesen. Alles ist nur ein einziger weißer Wirrwarr. Der Schnee wird aufgewirbelt und kratzt die Haut wie scharfe Messer. Knutsen hält den Scooter an und späht in das weiße Chaos. Es ist unmöglich, etwas anderes als weiße Masse zu erkennen. Der Neuschnee wird vom Wind hochgewirbelt und übers freie Gelände geworfen, wo er sich in riesigen Schneewehen sammelt. Knutsen rollt vorsichtig zur nächsten Loipenkreuzung und vergewissert sich, dass er auf dem richtigen Weg ist. Er muss sich eingestehen, dass er überhaupt keine Chance hat jemanden zu finden, der sich verlaufen hat, und dass es gar keinen Sinn hat, das Risiko einzugehen, hier selbst zwischen den Felsen hängen zu bleiben.

Die Rückfahrt geht gut. Der Lynx arbeitet tadellos. Knutsen stellt den Motor aus und deckt den Scooter mit seiner Plane ab. Er bürstet sich den Schnee ab, krümmt den Rücken und eilt zur Wachhütte hinüber. Dort trifft er als Letzter ein. Die ganze Suchmannschaft ist schon zurückgekehrt.

»Das verschwundene Ehepaar ist wieder aufgetaucht, aber von Line-Cathrine Sørensen fehlt jede Spur«, berichtet Anne-Marit Johansen.
»Na, dann können wir nur hoffen, dass sie eine Ausrüstung dabei hat, um sich einzugraben, denn mit diesem Wetter ist nicht zu spaßen«, erwidert Knutsen.
»Sind noch andere vermisst gemeldet?«
»Nein!«
»Dann wollen wir doch hoffen, dass die Leute genügend Grips haben und in ihren Hütten bleiben.«

Zwei

»Wir müssen uns eingraben!«
Elin versucht das Chaos in ihrem Kopf zu bezwingen. Es gibt keinen anderen Ausweg. Aber auch dieser ist hoffnungslos. Sie können nicht weitergehen. Vielleicht hätte ich doch lieber gar nicht erst versuchen sollen uns durch die Kluft zu retten, denkt sie. Sie sind nur ein Stück hoch gekommen, dann mussten sie umkehren. Die Schneewehen waren einfach nicht zu passieren. Audun war halb bewusstlos und der Wind peitschte ihnen ins Gesicht. Sie sind umgekehrt, fanden aber die Loipenspur nicht wieder. Der Schnee hat sich gierig darauf gestürzt, die Landschaft unter sich begraben, alles in einen stechenden, brennenden Schleier aus Weiß gehüllt. Sie hat keine Ahnung, wo sie eigentlich sind.
»Hat Audun sein Handy dabei?« Trude ist es, die diese Frage stellt.
Elin zuckt mit den Schultern, während Jørn schnell Auduns Taschen abtastet.

»Nix da.«
»Dann haben wir keine andere Wahl.«
»Womit sollen wir denn graben?«
Jørn schreit um den heulenden Wind zu übertönen. Elin wirft einen prüfenden Blick auf die anderen. Audun ist fix und fertig. Er friert, dass er zittert, steht fast apathisch da und lässt den Schnee ungehindert sein Gesicht peitschen. Trude hat zum Glück einen Gebirgsanorak an und sich die Kapuze so weit zugebunden, dass ihr Gesicht ganz im Schatten liegt. Es ist unmöglich zu erraten, was sie wohl denkt. Aber Elin sieht die Wut in Jørns Augen. Und ihr wird klar, dass es Wahnsinn war, auf diesem Ausflug heute zu bestehen. Die Strecke ist viel zu lang und dann hat sie nicht einmal die Wetternachrichten gehört und außerdem ist Audun in viel zu schlechter Form. Das schlechte Gewissen schnürt ihr die Kehle zu, aber jetzt hilft alles nichts: Sie muss die Führung übernehmen, auch wenn sie davor Angst hat.
»Ich habe einen Spaten im Rucksack«, sagt sie und nimmt ihn vom Rücken.
»Sollen wir uns etwa hier eingraben?«, schreit Trude und wedelt mit den Armen.
Sie stehen auf einer flachen Ebene, keine Schneewehe zu sehen, die sie sich zu Nutze machen könnten. Der Wind heult um sie herum und peitscht ihnen den Schnee ins Gesicht.
»Ich schaue mich mal um«, sagt Elin und rutscht mit einem Ski auf dem Schnee weiter.
»Keiner geht allein irgendwohin, o nein!«, schreit Trude. »Wir müssen zusammenhalten!«

Die Worte werden ihr vom Mund weggerissen, fortgezogen und verschwinden in einem weißen Inferno. Elin sieht ein, dass Trude Recht hat. Sie dürfen einander nicht verlieren. Sie müssen zusammenhalten.
»Ich gehe voran, dann Audun, Jørn und du als Letzte«, ruft sie Trude zu. »Wir müssen eine Schneewehe finden, in die wir uns eingraben können.«
Sie müssen sich alle Mühe geben, um Audun in Bewegung zu setzen, und dabei wird ihnen erst richtig bewusst, dass das hier kein Spiel mehr ist. Elin tastet sich vor. Steckt einen Stock in den Schnee vor sich, versucht den nächsten Meter der Schneescooterspur zu finden. Bleibt stehen und überlegt. Versucht sich ein Bild von dem Gelände zu machen. Sie kehren alle wieder um und folgen der eigenen Spur zurück zu den Hügeln und der Kluft. Die Sicht wird schlechter und schlechter. Elin weiß nur, dass sie sich südlich von Gravholskampen befinden.
Das Terrain steigt an und sie korrigiert den Kurs. Aber von der Spur ist plötzlich nichts mehr zu sehen. Verweht. Weg. Der Wind kommt ihnen schräg entgegen, sie müssen sich dagegen stemmen um vorwärts zu kommen.
»Aaaaaoooooooooh«, ertönt ein Schrei hinter ihrem Rücken. Elin schaut nach hinten. Audun ist von einer Windböe umgeweht worden, liegt auf dem Rücken im Schnee und strampelt.
»Wir kommen nicht weiter«, ruft Jørn und versucht, Audun wieder auf die Füße zu kriegen.
»Wir *müssen* noch ein bisschen weiter«, ruft Elin. Sie

weiß, dass sie Recht hat. Schon bald wird eine Schneewehe auftauchen. Das muss sie einfach.
Ein paar Minuten später steht der Schnee wie eine Wand vor ihnen. Sie müssen nahe an einem Bergrücken sein. Der Wind wirft sich auf eine Schneewehe.
»Hier«, schreit Elin, zerrt den Rucksack herunter und schnallt die Skier ab. Sie stellt sie aufrecht in den Schnee, holt den Spaten heraus und setzt ihn zusammen. Da entdeckt sie eine Skispitze, die aus dem Schnee ragt. Elin sinkt auf die Knie und betet ein leises Gebet, es möge sich doch um einen heilen Ski mit Bindung handeln, den irgendjemand hier hat liegen lassen, und dass die Bindung zu Auduns Schuh passt und dass sie dann schnell zur Loipenspur gehen können und den Weg zurück zur Hütte, zum Kamin und zur Wärme finden. Sie schließt die Augen, legt den Fausthandschuh um die Skispitze und zieht. Sie sitzt fest, löst sich aber plötzlich doch und bleibt in Elins Hand. Es ist nur eine Spitze mit einer Splitterbruchstelle und kein Ski, den ein rettender Engel vergessen hat! Anscheinend hatten noch andere hier ihre Probleme, denkt Elin enttäuscht. Aber immerhin fällt ihr ein, dass sie ja nur einen einzigen Spaten haben. Die Skispitze kann als Grabwerkzeug ihren Dienst tun.
»Wir wechseln uns beim Graben ab«, sagt sie und gibt Jørn ihren Fund weiter, während sie innerlich über die anderen flucht, die keine richtige Ausrüstung dabei haben. Sie macht sich an die Schneewehe. Spürt, wie sie ruhiger wird, als der Spaten einen Widerstand spürt. Das ist genau die richtige Stelle um sich einzugraben.

❄

Knutsen umklammert seine Kaffeetasse. Auch hier auf der Polizeistation will ihn die Kälte nicht freigeben.
»Was sollen wir tun?«, fragt er und schaut zu Anne-Marit Johansen, die wieder damit angefangen hat, den Laptop abzusuchen.
»Wir müssen uns das, was sie geschrieben hat, nochmal näher ansehen. Vielleicht finden wir da die Antwort. Ich werde das Gefühl nicht los, dass hier irgendetwas nicht stimmt.«
Knutsen ist ihrer Meinung. Mit den Zeitungsartikeln ist alles in Ordnung. Sie haben die Bestätigung erhalten, dass die Zeitung den Artikel zu dem Zeitpunkt erhalten hat, als Sørensen ihn von ihrer Maschine abgeschickt hat. Nein, es ist das, was in der LISS-Datei steht, und diese Nachricht über die Gebirgswanderung, die haken. Und das Fax von der Kripo stimmt auch nicht gerade optimistisch.
»Haben wir was, dem wir nachgehen können?«
»Nichts«, sagt die Kollegin leise.
»Warum soll sie nicht eine Nachmittagstour unternommen haben? Das verstößt doch gegen kein Gesetz.«
»Das nicht, aber sie ist ja nun nicht besonders vertraut mit der Bergwelt und außerdem ist es merkwürdig, dass sie ganz bis Hornstøl gehen wollte.«
»Stimmt.«
»Außerdem bedeutet das, dass es ihr im Augenblick nicht besonders gut geht.« Johansen zuckt mit den Schultern. »Aber vielleicht ist sie jetzt auch in irgend-

einem Hotelzimmer unter irgendeiner Bettdecke und amüsiert sich blendend. Wikdahl und Rønning sind sicher nicht die Einzigen, die sie gut kennt.«

»Glaubst du wirklich?«

»Nein. Aber es ist natürlich auch möglich, dass einer von den beiden lügt.«

»Aber warum haben sie sie dann als vermisst gemeldet?«

»Keine Ahnung.«

Eine Weile sitzen sie nur schweigend da. Johansen schaut sich noch einmal die Ausdrucke aus der LISS-Datei an.

»Irgendwie passt das einfach nicht zusammen«, murmelt sie. »Das ist doch nicht in einer normalen Verfassung geschrieben worden. Und wer ist dieser *er*, von dem sie da redet, und was für eine Art *Lager* ist das, auf dem er hockt? Und was ist *die Lawine* und *die endgültige Lösung?*

»Na, das ist jedenfalls nicht gerade eine Kabaretteinlage«, erklärt Knutsen und schämt sich über seine eigene Plattheit, als er Anne-Marits Blick begegnet.

»Nein … das klingt eher nach Selbstmordgedanken. War sie suizidal?«

»Vielleicht sollten wir uns noch einmal mit Wikdahl und Rønning unterhalten?«

❄

Jørn schuftet, dass der Schweiß rinnt. Er wechselt zwischen Spaten und Skispitze. Sie haben sich eingegra-

ben und sind inzwischen gut einen Meter nach innen eingedrungen. Vorbei am lockeren Oberflächenschnee. Jetzt ist der Schnee fest zusammengedrückt und jeder Zentimeter bedeutet harte Arbeit. Er verflucht dieses Mistwetter. Mit der Skispitze bricht er einen neuen Schneeklumpen los und schiebt ihn zwischen den Beinen zu Trude, die bereitsteht um ihn rauszuschaufeln. Das Beste an der Grabarbeit ist, dass man dabei ein bisschen geschützt ist vom Wetter. Das Schlimmste daran ist, dass man vollkommen nass wird vom Schweiß. Er steckt die Skispitze in den Schnee und nimmt wieder den Spaten. Er will einen großen Schneeklumpen herausbrechen, hält aber inne und schüttelt den Kopf, um Schnee und Schweißtropfen abzuschütteln.
»Das ist doch zum …«
Im Schnee, direkt vor seinem Gesicht, sieht er die untere Kante eines Skis. Er wendet sich ab und vergewissert sich, dass die Skispitze noch dort steckt, wo er sie hineingestochen hat. Dann denkt er an Auduns Bindung. Das sieht aus, als ob das genau so ein Ski ist.
»Hier liegt ein Ski«, ruft er Trude zu, während er mit der Spatenspitze gegen seinen Fund klopft. »Wenn wir Glück haben, ist auch noch ’ne Bindung dran!«
Jørn ist plötzlich Feuer und Flamme. Der Ski ragt schräg in die Höhlenöffnung hinein, sodass er sich diagonal nach innen vorarbeiten muss. Schließlich findet er das hintere Ende des Skis und löst es heraus. Er lässt den Spaten fallen und zieht, aber der Ski sitzt bombenfest.
»Wir müssen noch mehr graben«, ruft er Trude zu. »Soll ich übernehmen?«

»Nein, das ist mein Schatz«, lacht Jørn und macht sich wieder an die Arbeit. Jetzt an der anderen Kante entlang, zur vorderen Skispitze hin, die noch im Schnee vergraben liegt.
Er schiebt den Spaten auf die Oberseite des Skis und drückt ihn weiter. Der Spaten rutscht ein paar Zentimeter weit, dann steckt er fest. Rasch entfernt Jørn noch mehr Schnee. Er schnappt nach Luft, als ihm klar wird, wogegen der Spaten stößt.
»Da sitzt ein Schuh im Ski!«
Trude kann nicht hören, was er sagt, sie kommt näher heran. Er deutet auf den Ski.
»Da sitzt ein Schuh auf dem Ski!«
Trude nimmt den Spaten und gräbt schnell um den Schuh herum. Plötzlich dreht sie sich um. Die Schweißperlen laufen ihr das leichenblasse Gesicht herunter. »Da ist ein Fuß im Schuh …«

❄

Der Schneider hält in der einen Hand den Trichter für die Halbliterflaschen, während er mit der anderen aus einer großen Flasche eingießt und zufrieden sieht, wie die Flüssigkeiten sich vermischen. Der Farbzusatz macht das Ganze perfekt. Niemand wird sich über seine »Cola-Flaschen« wundern.
Er schaut nachdenklich auf den Tisch. Werden sechs Kisten reichen? Der Vorverkauf hat alle seine Erwartungen überstiegen und wenn der Umsatz am Samstag im gleichen Stil abläuft, ist er ein gemachter Mann. Er

überschlägt es schnell im Kopf. Jetzt ist Schluss mit den Probierpreisen. Er wird dreihundert pro Flasche nehmen. Das macht gut 50 000. Kein schlechter Verdienst für einen Abend.

Er liegt gut in der Zeit und wird am Abend wieder mit seinen Warenproben losziehen. Der gestrige Tag war ertragreich und mit ein bisschen Glück zieht die ganze Sache immer weitere Kreise und die Bestellungen werden von allen Seiten eintrudeln.

Er nimmt einen Schluck aus einer der Flaschen auf dem Tisch, schraubt dann den Verschluss wieder drauf und stellt sie in die Kiste. Man könnte sie fast im Laden verkaufen. Es gibt nicht viele Kunden, die die Verplombung überprüfen.

Da piept sein Nokia.

❄

Polizist Knutsen schaut den Mann an, der auf dem Stuhl vor ihm sitzt. Sondre Wikdahl ist wie aus einem Modekatalog entsprungen. Er ist braun gebrannt und genau das, was viele sicher als echt gut aussehend bezeichnen würden. Aber Knutsen wird er dadurch nicht sympathischer. Ihm gefällt Sondres Aussehen nicht, ebenso wenig wie sein Verhalten. Zum Glück führt Johansen das Verhör.

»Sie haben Line-Cathrine Sørensen als vermisst gemeldet. Wie gut kennen Sie sie?«

»Es geht so. Wir haben uns immer mal wieder auf Feten und so getroffen. Habt ihr sie gefunden?«

»Tut mir Leid, sie ist immer noch vermisst, aber wir gehen gleichzeitig noch einigen anderen Dingen nach und würden gerne einige Verdachtsmomente ausschließen.«
Knutsen ist beeindruckt. Jetzt bewegt sie sich aber auf ganz dünnem Eis, denkt er. Wikdahl nickt vorsichtig, während er sich mit der Hand durchs Haar fährt. Knutsen muss sich zurückhalten, um ihn nicht zu bitten damit aufzuhören.
»Sind Sie ein Liebespaar?«
»Nun ja«, lächelt Wikdahl, »das wäre wohl zu viel gesagt, aber wir kennen uns ziemlich gut …«
»Sie haben sie also gestern in aller Frühe zur Hütte Nummer 16 auf Hyttelia gefahren. Wie spät war es da?«
Wikdahl wirft Knutsen einen schnellen Blick zu, grinst frech und zuckt mit den Schultern.
»Ich weiß nicht genau, aber es fing schon an hell zu werden.«
»Sind Sie mit reingegangen? Wie sah es in der Hütte aus?«
»Ja, ich habe sie reingebracht und die Hütte sah aus wie ein Schweinestall!«
»Ein Schweinestall?«
»Na ja, jedenfalls nicht besonders sauber und ordentlich. Sie benutzt die Hütte ja als Büro. Auf dem Tisch und dem Sofa lagen überall Papiere, ihre Kleider auf dem Boden und … es war einfach überall total unordentlich.«
Knutsen betrachtet Sondre Wikdahls Gesicht. Sagt er die Wahrheit? Oder ist der ganze Kerl so schmierig, dass ihm Lügen seelenruhig von der Zunge gehen? Aber

wenn es wirklich so unordentlich war, wie er behauptet, dann muss hinterher jemand in der Hütte gewesen sein. Oder hat sie selbst aufgeräumt?

»Macht sie gern sauber und räumt auf?«

Knutsen hat fast das Gefühl, seine Kollegin würde ihm die Frage aus dem Kopf klauen. Wikdahl schnaubt.

»Nein, das tut sie ganz bestimmt nicht.«

»Und was ist mit Skiausflügen?«

Sondre Wikdahl schüttelt den Kopf.

»Liss und Skiausflüge? Nie im Leben!«

»Wie meinen Sie das?«

»Liss fährt nicht Ski. Sie trödelt vor sich hin. Und schon nach hundert Metern wird sie knallrot wie eine Tomate. Sie beherrscht die Technik schlechter als jeder Däne. Sie kann sich gerade mal auf den beleuchteten Loipen in Oslo bewegen, mit Tostrup als Startpunkt und Ziel.«

»Sie hat aufgeschrieben, dass sie nach Hornstøl wollte.«

»Liss macht keinen langen Skiausflug. Wenn, dann unternimmt sie höchstens einen kleinen Spaziergang!«

Wikdahl lacht über seine eigene Plattheit. Knutsen muss auch lächeln. Aber irgendetwas ist hier verdammt nochmal nicht in Ordnung. Er sieht, wie Johansen sich etwas auf ihrem Block notiert. Sie legt den Bleistift zur Seite und schaut auf.

»Wissen Sie, ob man sich momentan in Beitostølen Stoff besorgen kann?«

Wikdahl schüttelt den Kopf. Zu eifrig? Zu schnell?

»Keine Ahnung, ehrlich.«

»Aber bei euch geht es doch immer wieder hoch her.«
»Wollen Sie damit andeuten, dass wir Drogen nehmen?«
»Ich deute gar nichts an. Ich frage nur, um bestimmte Sachen eindeutig auszugrenzen«, antwortet Johansen entschlossen.
Sondre Wikdahl beruhigt sich wieder.
»Ich weiß nichts von Drogen. Gibt's so was hier oben wirklich?«
Knutsen sieht seine Kollegin an. Was wird sie jetzt antworten?
»Das war alles. Wir werden uns mit Ihnen in Verbindung setzen, wenn noch etwas sein sollte. Und dann können wir nur hoffen, dass Line-Cathrine Sørensen bald in guter Verfassung wieder auftaucht.«
Als Sondre Wikdahl aufsteht um den Raum zu verlassen, fällt Knutsen auf, dass Johansen nicht erwähnt hat, dass noch andere die Sørensen, genannt Liss, als vermisst gemeldet haben.

❄

»Wir müssen Audun reinschaffen!«
Elin starrt auf den Ski und den Fuß, der in dem zusammengepressten Schnee verschwindet.
»Meinst du damit, dass wir uns neben einer Leiche eingraben sollen?«
»Wir haben gar keine andere Wahl!«, schreit sie und spürt, wie Angst und Ohnmacht sie durchschütteln.
»Wir können ja schräg weitergraben … in die andere Richtung«, schlägt Jørn vor.

»Die Leiche liegt so oder so da«, schluchzt Elin. Das ist zu viel für sie. Sie weiß, dass es ihre Schuld ist. Wenn sie nicht auf dieser Skitour bestanden hätte, könnten sie es sich jetzt in der Hütte gemütlich machen. Hätten weiterproben können. Mit dem Zusammenspiel weiterkommen können.

»Sollen wir sie ausgraben?«

Alle hatten den gleichen Gedanken, aber es ist Trude, die ihn ausspricht. Jørn und Elin sehen sie an.

»Wir können doch nicht einfach hier stehen bleiben und glotzen. Dann erfriert Audun«, schreit Trude und trampelt auf der Stelle. Elin sieht, dass ihr Tränen in den Augenwinkeln stehen.

»Wir graben sie aus!«, beschließt sie und wendet sich Trude zu. »Halte Audun in Bewegung!«

Trude nickt, geht krumm gebeugt zu Audun und zieht ihn auf die Beine. Er ist vollkommen apathisch. Eine Sekunde lang überlegt Elin, ob er sich vielleicht den Kopf beim Fallen gestoßen hat.

Jørn gräbt mit der Skispitze. Elin schaufelt den Schnee mit dem Spaten nach hinten weg. Jetzt haben sie eine weichere Schneelage zu fassen gekriegt. Das Graben ist einfacher.

Sie graben sich in die Schneewehe hinein. Auf ein Bein zu, das im Verhältnis zum anderen Bein in einem falschen Winkel verdreht liegt. Der abgebrochene Ski ist ganz verdreht. Die Skispitze hatten sie ja schon gefunden. Jørn gräbt fast panisch weiter. Immer mehr von dem Toten kommt zu Tage.

»Das ist eine Frau«, flüstert Jørn Elin zu und stellt den

Spaten beiseite. Hier drinnen ist es jetzt ruhiger. Das Heulen des Windes klingt eher wie ein lang gezogenes Jaulen. Es scheint, als wären sie in einer anderen Wirklichkeit, als würde der Schneesturm meilenweit entfernt wüten.

Elin schaut Jørn an, der sich die Handschuhe abzupft und mit den bloßen Fingern gräbt, um den Kopf freizukriegen, sie sieht, wie sich Haar um seine Finger wickelt. Es sieht aus, als würde ihn das gar nicht stören. Sie begreift nicht, wie er das aushält. Aber plötzlich ist es doch zu viel für ihn. Jørn stolpert nach hinten und übergibt sich.

»Soll ich dich ablösen?«, fragt Elin ohne zu ahnen, woher diese Worte kommen. Jørn sieht sie an.

»Ich löse Trude ab.«

Elin sinkt auf die Knie und schiebt den Spaten vorsichtig in den Schnee um die Leiche.

❄

Jørn beugt sich gegen den brüllenden Sturm und entdeckt dunkle Schatten, die in dem Weiß hin und her schwanken.

»Kannst du Elin helfen?«, ruft er Trude zu. »Es ist eine Frau«, fügt er hinzu, als sie zum Höhleneingang läuft.

Jørn zieht Audun mit sich in den Windschutz der Schneewehe.

»Hörst du mich?«, schreit er.

Audun wendet seinen Kopf. Schaut ihn an. »Frierst du?«

Audun schüttelt leicht den Kopf. Dann verschwimmt sein Blick wieder, wird von den weißen Wirbeln aufgesogen. Jørn schaut zur Schneehöhle.
»Komm«, sagt er und zieht Audun mit sich.
Sie klettern in die Höhlenöffnung hinunter. Der steif gefrorene Körper ist jetzt fast ganz freigelegt. Die Hand, die ausgegraben wurde, ist wie in einem Gitarrengriff erstarrt.
»Fass mit an«, ruft Elin.
Jørn drückt Audun auf den Boden hinunter und hilft Elin und Trude. Trude und Jørn halten den Körper fest, während Elin die zweite Hand loslöst. Sie steckt in einem roten Handschuh.
»Zieht sie raus«, ruft Elin.
Jørn schiebt sich an Audun vorbei. Aus den Augenwinkeln fängt er dessen Blick auf. Anscheinend kommt er langsam wieder zu sich.
»Was ist das?«, flüstert Audun und guckt die steife Leiche im Skianzug an.
»Die ist bestimmt von einer Lawine verschüttet worden«, sagt Trude.
Jørn hält jäh an, als ihm die Worte bewusst werden. »Von einer Lawine? Soll das heißen, dass wir uns hier in einer Gegend eingraben, in der Lawinengefahr besteht?«
Er starrt Elin an.
»Ich weiß«, schluchzt diese. »Aber wir kommen doch nicht weiter!«
Sie schleppen die Leiche nach draußen. Audun greift beim Vorbeigehen nach der Hand mit dem Handschuh

und starrt sie für eine Sekunde an, bevor er sie loslässt, als hätte er sich an ihr verbrannt. Dann fängt er fürchterlich zu zittern an.
Sie legen die Leiche ganz dicht neben ihre Skier, die sie als Markierung in den Schnee stecken. Einen Moment lang starren sie alle auf die weißen Flocken, die die Leiche schnell wieder bedecken.
»Jetzt müssen wir die Höhle fertig kriegen«, ruft Elin durch das Sturmtosen. Sie reißen sich von dem Anblick los und klettern wieder in ihren Unterschlupf hinunter. Allzu viel brauchen sie nicht mehr zu graben.
»Wo ist Audun?«
Jørn blickt sich um. Ihr Kumpel ist verschwunden. »Audun! Audun!«
Sie schreien sich heiser. Jørn wirft sich in den Schnee um Spuren zu entdecken. Hügelabwärts entdeckt er Vertiefungen.
»Hier«, schreit er und krabbelt ihnen nach.
»Warte«, ruft Elin, aber Jørn achtet nicht auf sie. Audun kann noch nicht weit gekommen sein. Nach ein paar Metern entdeckt er einen dunklen Schatten im Schneetreiben. Es ist Audun, der auf dem Boden sitzt. Die Tränen laufen ihm aus den Augen, er zittert.
»Komm zurück, wir müssen Schutz suchen«, schreit Jørn und schiebt Audun den Hügel hoch zur Schneehöhle hin. Als sie reinkrabbeln wollen, murmelt Audun etwas. Jørn dreht sich um.
»Was hast du gesagt?«
»Hütte Nummer 16.«
Ist er jetzt total durchgedreht? Jørn weiß nicht, was er

von der Bemerkung halten soll, aber jetzt ist keine Zeit zum Nachfragen. Er schiebt Audun über den Rand und in den Windschutz. Trude und Elin sind mit der Höhle schon ein Stück weitergekommen.
»Bau eine Kältegrube und mach dann die Öffnung zu«, ruft Elin.
Sie gräbt jetzt fieberhaft. Jørn macht, was Elin ihm zugerufen hat. Aber er kann nicht verhindern, dass ihm immer wieder dieselben zwei Worte durch den Kopf gehen: Lebendig begraben!

❄

Trude sinkt auf die Schneebank nieder. Die Höhle ist jetzt fertig. Sie sieht Audun an, der auf der anderen Seite sitzt. Es gibt keinen Zweifel: Die Sachen, die er gestern in sich reingekippt hat, waren wirklich stark.
Der klamme Pullover klebt am Körper. Sie sieht Elin an, die eine Kältegrube gräbt und den Luftstab richtet. Ob sie jemals gefunden werden? Wenn hier einmal eine Lawine abgegangen ist, können weitere folgen. Trude bemüht sich, ihre Gedanken unter Kontrolle zu halten. Sie will sie in andere Bahnen zwingen. Hacke zum Beispiel. Er hat gesagt, er würde heute bei ihnen reinschauen. Irgendwann am Nachmittag. Was wird er machen, wenn keiner zu Hause ist?
»Gibt es jemanden, der weiß, wo wir sind?«, fragt sie. Jørn und Audun sagen nichts. Alle drei sehen Elin an. Sie schüttelt den Kopf.
»Ich weiß nicht, ich habe gestern Abend mit dem Nach-

bar geredet, ihm gesagt, dass wir eine Tour machen wollen, dass wir vielleicht zum Olevatn gehen wollen, aber …«, sagt Elin leise.
Trude sieht, wie sie zittert.
»Das heißt also«, setzt Jørn an, »dass niemand weiß, wo wir sind?«
»Ja«, flüstert Elin. Dann fängt sie an zu weinen. Sinkt auf die Knie. »Ich konnte doch nicht wissen, dass es so ein Wetter werden würde und …«
Trude spürt, wie der Boden unter ihr nachgibt. Bis jetzt war Elin stark gewesen und hatte gewusst, was zu machen war. Jetzt sind ihre Kräfte aufgebraucht, also muss sie sie unterstützen.
»Okay. Wir sitzen hier in einer sicheren Schneehöhle. Am wichtigsten ist erst einmal, dass wir die Nerven und unsere Körperwärme behalten«, sagt sie.
»Dann leg doch was im Ofen nach«, kommt es spitz von Jørn.
»Idiot«, faucht Elin und hämmert mit den Fäusten auf den Schnee.
»Es nützt nichts, wenn wir verzweifeln. Wir müssen einen kühlen Kopf bewahren.«
»Na, das dürfte ja nicht schwer sein!«
Trude sieht Jørn scharf an. Kapiert er denn überhaupt nichts? Sieht er nicht, welche Kraftanstrengung nötig war, um sie hier überhaupt reinzukriegen? Sieht er nicht, dass Elin kurz davor ist zusammenzubrechen? Es reicht, wenn Audun auf so dünnem Eis ist.
»Das war dumm«, sagt Jørn. Es ist ein Unterschied, ob man die Stimmung hochhält oder ob man die Leute mit

Dreck bewirft, die sowieso schon am Boden liegen. Jørn zuckt mit den Schultern. Sieht Elin an.
»Tut mir Leid, war nicht so gemeint.«
Trude fragt sich nicht zum ersten Mal, ob Jørn sich mit seinen saloppen Kommentaren nicht einfach selbst abschotten und schützen will.
»Wir haben keine andere Wahl, wir müssen hier bleiben, aber das Wetter kann sich im Laufe des Abends beruhigen und so schrecklich weit sind wir auch nicht von Beitostølen entfernt.«
Sie hört ihre eigene Stimme. Aber eigentlich ist sie selbst nicht von ihren Worten überzeugt, denn sie weiß, dass der Sturm genauso gut tagelang andauern kann. Vielleicht für alle Zeit. Ihre Gedanken verwirren sich. Vor ihren Augen sieht sie ein altes Bild wieder auftauchen: das verbogene Fahrrad …
Wieso muss sie sich gerade jetzt daran erinnern?

❄

Polizist Knutsen sieht Morten Rønning an, der sich vorbeugt, um seine Zigarette auszudrücken.
»Sie haben die Hütte Nummer 16 gemietet?«
Rønning nickt. »Ja, sie ist auf meinen Namen gemietet.«
»Haben Sie drin gewohnt?«, fragt Johansen. Rønning schaut auf.
»Ab und zu.«
»Was soll das heißen?«
»Ein paar Nächte, wenn ich abends nicht mehr nach Fagernes runterfahren konnte.«

»Dann sind Sie also eng miteinander befreundet?«
»Ja, doch, das kann man wohl so sagen.«
Rønning schickt ein zweideutiges Lächeln durch den Raum.
»Haben Sie in der Nacht von vorgestern auf gestern in Hütte 16 geschlafen?«
»Eh … ja.«
Knutsen merkt, wie er sich anspannt. Einer von den beiden lügt. Er wirft einen schnellen Blick zu Anne-Marit, aber diese fährt fort, als wenn nichts geschehen wäre.
»Wann haben Sie Lise-Cathrine Sørensen das letzte Mal gesehen?«
»Das habe ich doch schon gesagt. Das Ganze hier kommt mir immer mehr wie ein Verhör vor. Stehe ich unter irgendeinem Verdacht?«
»Das ist kein offizielles Verhör. Wir unterhalten uns nur. Und würden Sie jetzt so freundlich sein und meine Frage beantworten. Wann haben Sie sie zum letzten Mal gesehen?«
»Wir haben zusammen gefrühstückt, bevor ich losgefahren bin. Sie sagte was von einem Skiausflug bei dem schönen Wetter …«
»Nicht von Arbeit, die sie noch zu erledigen hatte?«
»Nein, warum?«
»Ach, nur so. Wie spät war es, als Sie weggingen?«
»Wohl so um zwölf.«
»Und dann hat sie eine Skitour gemacht?«
»Das habe ich doch schon gesagt.«
»Aber warum hat sie dann eine Nachricht an Sie auf den PC geschrieben, wenn Sie sowieso da waren?«

»Keine Ahnung, vielleicht wollte sie sich an die Regeln für das Verhalten im Gebirge halten?«
»Wissen Sie, was das hier ist?«, fragt Anne-Marit Johansen und hält die Halbliter-Flasche hoch, die Knutsen unter dem Bett gefunden hat.
Rønning zieht eine neue Zigarette heraus. Zündet sie an.
»Cola.«
»Stimmt. Sieht so aus. Ist es aber nicht.«
»Was ist es dann?«
»Wir dachten, dass Sie das vielleicht wüssten. Denn das haben wir in Nummer 16 gefunden.«

❄

Jørn friert.
»Haben wir Licht?«, fragt Trude.
»Ich habe zwei Kerzen im Rucksack«, sagt Elin mit zittriger Stimme. »Aber keine Streichhölzer.«
»Hast du ein Feuerzeug, Audun?«
Audun antwortet nicht. Diese Stille ist dichter als die Dunkelheit, denkt Jørn. Und: Was ist mit Audun los? Warum ist er abgehauen? Ist er jetzt total durchgedreht? »Audun, hast du ein Feuerzeug oder Streichhölzer?«
»Nein.«
Jørn starrt ins Dunkle. Er sieht schwache Bewegungen, hört das leise Heulen des Sturms draußen. Sie liegen jeweils zu zweit dicht beieinander auf jeder Seite der Höhle. Der gewölbte Raum ist nur klein. Und kalt. So-

lange ihm der Sturm in den Ohren sauste, konnte er keinen klaren Gedanken fassen, auch nicht, als er grub, damit sie in Windschutz kommen, und er wollte nicht denken, als sie die weibliche Leiche ausgruben, aber jetzt kann er sich gegen die Gedanken nicht mehr wehren. Jørn spürt, wie die Angst in ihm hochkriecht. Was würde er nicht dafür geben, jetzt in der Hütte mit der Gitarre im Schoß sitzen zu können.
Die Skikanten drücken gegen den Körper. Audun liegt innen, er jammert. Jørn spürt, wie sein Schweiß langsam abkühlt und sein Körper kalt und gefühllos wird. Der Frost kratzt an der Haut. Er muss sich bewegen. Er muss etwas tun. Und wenn wir jetzt in der Hütte wären, wenn wir ein bisschen improvisieren und uns musikalisch einheizen würden?
»Wollen wir ein bisschen üben?«, fragt er ins Dunkle.

❄

Trude trommelt mit den Fingern gegen die Schenkel. Sie versucht einen Rhythmus zu finden, der gegen das Zittern hilft.
»Müssen wir nicht erst ein bisschen warm werden?«, entgegnet sie Jørn und hört, wie er leise lacht. Dann wird es wieder still.
Keiner von ihnen ist besonders gut drauf. Trude verdrängt das Bild des schimmernden, dabei aber eiskalten, steif gefrorenen Skianzugs, den sie ausgegraben haben. Sie will nicht daran denken, dass ein toter Mensch direkt vor ihrer Schneehöhle liegt. Sie muss ihre Ge-

danken auf etwas anderes konzentrieren. Aber nicht auf das verbogene Fahrrad.
Es geht nicht. Die ganze Zeit hat sie die Leiche vor Augen, auch wenn sie die Augen fest zupresst. Das Bild ist in ihrem Kopf.
»Wer war sie?«

❄

Audun zittert. Die Bilder werden unscharf. Er versucht seine Gedanken zu fassen zu kriegen, sucht nach Worten, die in der Dunkelheit hängen bleiben. An viel kann er sich nicht erinnern, nur an die Rinne mit den Köpfen und die Frau, die an seinem Gesicht vorbei geschleppt wurde. Die nackte Hand, die sich mit gespreizten Fingern in die Luft reckte. Vereistes Haar, das sich kringelte. Der Mund zu einem Lächeln erfroren. Der Blick steif, starr. Der Handschuh an der anderen Hand. Der rote Handschuh. Er wusste, jemand rief nach ihm. Was waren das für Worte in der Dunkelheit? Wer rief da?
»Der Handschuh, der Handschuh …«, murmelt er, kann aber nicht sagen, ob die Worte sich mit den anderen in der Dunkelheit verschmelzen oder ob sie tot und kraftlos in den Schnee fallen.

❄

Plötzlich ist alles so still in der Schneehöhle. Elin zittert. In ihrem Kopf herrscht nur Chaos. Die Bilder flimmern gnadenlos vorbei. Schneeklauen greifen nach ihr, rei-

ßen ihr die Haut auf, lassen den Sturm herein, zupfen, zerren …
Sie hat mehr Angst als je zuvor in ihrem Leben. Die Angst ist wie ein zitternder Punkt in ihr, der sich ausbreitet, der durch den Körper tobt, Muskel für Muskel erobert, Zelle für Zelle, die Gedanken besetzt und sie an die Seite drängt, sie ist zum Tode verurteilt, sie muss sich verteidigen, bevor der Henker herankommt, bevor das Gewehr erhoben wird, der Finger sich um den Abzug krümmt und die Kugel in ihrer gnadenlosen Bahn auf sie zurast. Ihre Finger zittern, ihre Hände heben sich zum Gesicht und sie hört das klatschende Geräusch, als ihre Handflächen immer und immer wieder gegen ihre Wangen schlagen, denn sie will weg von den Bildern, aufwachen und die Wärme vom Holzofen in der Stube spüren und …
»Hör auf, Elin!«
Sie zuckt zusammen. Die Bilder sind fort. Sie ist wieder in der Schneehöhle. Der Frost beißt.
»Hä?«
»Hör auf«, wiederholt Trude und tastet sich vor zu Elins Händen. Drückt sie. Hält sie fest.
»Das ist nicht deine Schuld. Du musst aufhören dich selbst zu schlagen.«
Träume. Albträume. Sie sind zurück. Sie dürfen nicht schlafen. Nicht alle gleichzeitig! Sie müssen etwas essen, die Wärme im Körper halten, den Mut nicht verlieren. Sie sind doch eine Band. Ihr fällt das Brotpaket ein.
»Hat jemand Hunger?«

❄

»Nun, was ist dabei rausgekommen?«

Knutsen sieht Anne-Marit Johansen an. Er versucht seine Eindrücke zu sammeln, nach Zusammenhängen zu suchen, eine kluge, informative Antwort zu geben. Aber ihm fällt keine ein.

»Ich weiß nur, dass ich den Kerl nicht leiden kann«, antwortet er leise.

Anne-Marit nickt. Sie setzt sich auf den Büroschreibtisch, reibt sich mit den Fingerspitzen die Schläfen, als wolle sie die Gedanken dadurch stimulieren.

»Ganz meine Meinung. Da stimmt was nicht. Ich habe noch nie erlebt, dass jemand, der seine Freundin vermisst gemeldet hat, sich so wenig dafür interessiert, dass sie gefunden wird.«

Knutsen stimmt ihr zu.

»Was war mit der Colaflasche?«

»Er war ein paar Sekunden lang perplex, aber hat sich schnell wieder in den Griff gekriegt.«

»Okay, aber die Frage ist, warum er wegen einer halb vollen Colaflasche so überrascht war. Ich glaube, Morten Rønning hat da irgendetwas laufen und kam ins Schwitzen, weil er was übersehen hat. Ich möchte wetten, dass der Inhalt der Flasche der gleiche ist wie bei der, die die Kinder in der Schneeburg gefunden haben.«

»Gut möglich, jedenfalls riecht es genauso. Aber Rønning ist auch nochmal zusammengezuckt, als sein Handy losgepiept hat. Und dann hat er gleich auf den Anrufbeantworter umgestellt.«

»Wenn die Anrufe nicht gelöscht werden, werden sie gespeichert und können immer wieder abgespielt werden. Das müssen wir morgen überprüfen«, sagt Knutsen.
»Unmöglich. Wir brauchen einen richterlichen Beschluss oder jedenfalls die Genehmigung um das zu machen. Und die kriegen wir bestimmt nicht.«
Da klingelt das Telefon.
»Was ist denn nun wieder los?«, fragt Anne-Marit und nimmt den Hörer ab. »Beitostølen Polizeiposten. Johansen.«
Knutsen beobachtet sie, während sie zuhört und sich Notizen macht. Ihm ist schon klar, dass sie raus in das Unwetter müssen. Johansen legt auf.
»Radau in einer Hütte auf dem Palasthügel.«
»Meine Güte, wer kann denn bei diesem Sturm Hüttenradau hören?«
»Nun ja! Sie hören nicht nur was, sie sehen auch was. Erwachsene Leute, die splitternackt im Schnee herumspringen. Unkontrolliertes Herumfahren mit dem Schneescooter.«
»Ist das alles?«
»Tja. Martin Klausen, der angerufen hat, sagte außerdem etwas von vier Jugendlichen aus der Nachbarhütte, die noch nicht von einem Skiausflug zurückgekommen sind.«

❄

Der Schneider trommelt mit den Fingern, während er die letzte Nachricht vom Handy abhört. Er wiederholt die Telefonnummer, denkt kurz nach und wählt sie dann schnell an. Als die Verbindung zustande kommt, dröhnt ein kräftiges Unwetter in sein Ohr. Er hört jemanden schreien, die Leute sollten doch mal still sein, und bekommt dann eine keuchende Stimme ans Ohr. »Hallo? Ist da der Schneider?«

»Am Apparat.«

Für einen Augenblick bleibt es still.

»Prima, ist ja geil. Wir brauchen mehr Gebräu. Kannst du es uns in die Hütte liefern?«

»Nein!«

»Nun hab dich nicht so. Wir können doch bei diesem Wetter nicht rausgehen!«

»Dann gibt es eben keine Lieferung.«

»Na gut. Dann ...«

Er gibt nach.

»Warte. Wo bist du?«

Der Schneider hört sich die Wegbeschreibung an. Er weiß genau, wo das ist.

Drei

Die Augen haben sich an die Dunkelheit gewöhnt. Elin kann Jørn und Audun jetzt auf der anderen Höhlenseite erkennen. Außerdem war es nicht schlecht, etwas zu essen. Jetzt friert sie auch nicht mehr so sehr. Sie hatte noch einen Wollpullover im Rucksack. Den haben sie einer nach dem anderen angezogen, während sie so gut es ging ihre Pullover und T-Shirts getrocknet, das heißt trocken gerieben und fest an die nackte Haut gepresst haben.

Es ist nicht so schrecklich kalt in der Höhle, um die null Grad. Eigentlich geht es uns jetzt hier gar nicht so schlecht, zwingt Elin sich zu denken um das abzuschotten, was sich ihr aufdrängt.

Es erschien alles so unwirklich, als sie die Leiche ausgegraben haben. Sie hasst das Wort, aber sie haben ja keine Ahnung, wer die tote Frau sein kann. Außerdem war sie nicht gerade für das Wintergebirge angezogen. Ihre Schuhe waren nicht ordentlich zugebunden und der Skianorak und die Skihose waren einfach nur über dünne Leggings und ein Sweatshirt gezogen. Das haben sie festgestellt, als der Anorak beim Ausgraben nach oben gerutscht ist. Eine dünne Eisschicht bedeckte ihre Haut. Die letzte Körperwärme hatte vermutlich eine Schneeschicht auf ihrem Gesicht schmelzen lassen und die war dann wieder gefroren. Die eine Hand mit den steifen, nackten Fingern. Die andere mit dem roten Handschuh. Aber wer war sie? Elin korrigiert sich selbst: Wer ist sie? Denn sie liegt ja immer noch im Schnee direkt vor der Höhle. Elin kann die Tote nicht einordnen, aber sie hat das Gefühl, dass ihr Gesicht etwas Bekanntes an sich hat. Und was meinte Audun mit seinem ständigen Gemurmel von Hütte Nummer 16? Elin schiebt ihre Mütze nach hinten um sich abzukühlen. Aber der eine Gedanke hört trotzdem nicht auf hinter ihrer Stirn zu pochen: Wenn die Tote von einer Lawine erfasst wurde, dann kann auch noch eine zweite Lawine abgehen, jedenfalls bei so einem Wetter. Ob sie jemals lebendig aus dieser Höhle wieder rauskommen?

❄

Knutsen gibt Gas auf seinem Lynx, um die Hügel hinauf zur Hütte im Birkenwald unterhalb der Paläste zu kommen. Dort angekommen, bremst er und schüttelt sich den Schnee ab. Klausen steht in dem kleinen Windfang. Sie begrüßen sich und Klausen zeigt zu einem der Paläste nach oben.

»Das Fest findet da oben statt. Ich dachte, es wäre besser, Bescheid zu sagen, und außerdem ist da noch …«

Er kann seinen Satz nicht beenden, so laut dringt die hämmernde Musik durch den heulenden Sturm. Auf der Veranda oberhalb der offenen Doppelgarage steht ein nackter Junge und schwenkt seine Arme. Er klettert auf das Geländer, nimmt Schwung und springt in die Schneewehe darunter. Knutsen läuft zur Palasthütte hoch und findet den Jungen stark berauscht und immer noch bis zur Taille im Schnee begraben vor. Er ist vollkommen weggetreten. Knutsen zieht den halb erfrorenen Jungen aus dem Schnee und schiebt ihn vor sich her um die Veranda herum. Da entdeckt er frische Schneescooterspuren, die aus der offenen Garagentür herausführen.

Halb trägt, halb zieht er den Jungen in die Hütte. Dort drinnen liegen zwei Jugendliche auf dem Sofa, schlafend. Eng umschlungen. Ein anderer sitzt auf einem Sessel und starrt Knutsen mit einem schafsähnlichen Blick an.

»Kkkriegen wir jetzt ein Schschschtrafzeddel wegen Ruheschschschtörng?«, murmelt der Typ und lacht lallend. Knutsen fällt ein, dass er ihn schon zusammen mit Sondre Wikdahl gesehen hat. Er überhört das Geplapper und stellt die Musik ab. Plötzlich scheint es, als würde der Sturm durch die Türen hindurch heulen. Knutsen drückt sie zu. In der Hütte herrscht das reinste Chaos. Der nackte Junge hat sich bäuchlings über den Esstisch gelegt. Er furzt und kichert und fängt dann urplötzlich an zu schnarchen.

Knutsen gibt seine Versuche auf, einen der anderen zum Leben zu erwecken, stattdessen beginnt er die Hütte zu

durchsuchen. Es dauert nicht lange, bis er die Flaschen findet. Schnaps, Wein und Cola. Er nimmt eine der Colaflaschen mit. Viel mehr kann er hier nicht machen. Und mit weiterer Ruhestörung ist bei dem Zustand der Jungs auch nicht zu rechnen.
Als Knutsen die Tür aufmacht, wird Schnee in die Stube gepresst. Der Polizist muss gegen den Wind ankämpfen, um die Tür wieder zuziehen zu können. Er schüttelt sich und geht über die Veranda.
Plötzlich steht eine Person im dunklen Schneeanzug und mit einem Helm auf dem Kopf vor ihm. Knutsen erschrickt und bleibt stehen, kann aber nicht mehr reagieren, als ihn zwei handschuhbekleidete Hände über das Geländer drücken. Er fällt in eine weiche Schneedüne.
Als Knutsen sich endlich aus dem Schnee befreit hat, ist die Person, die ihn geschubst hat, verschwunden. Schnell läuft er den Pfad hinunter, sodass er gerade noch sehen kann, wie das Rücklicht eines Schneescooters von dem Schneetreiben geschluckt wird. So ein Ärger! Bevor er den Lynx gestartet hat, werden die Spuren schon wieder verweht sein.
Martin Klausen kommt angelaufen.
»Haben Sie gesehen, wer das war?«, fragt Knutsen ihn.
Klausen schüttelt den Kopf.
»Nein, das ist in diesem Schneetreiben unmöglich gewesen.«
Knutsen überlegt schnell. Vermutlich hatte da einer Kurs auf die Hütte genommen, war aber umgekehrt und hatte Panik gekriegt, als er entdeckt worden war.

Der Schneeanzug? Kann das Sondre Wikdahl gewesen sein? Klausen räuspert sich und deutet auf eine ältere Hütte, die ein wenig abseits liegt.
»Dann sind da noch diese Jugendlichen. Meine Frau hat gesehen, wie sie heute Vormittag auf Skitour gefahren sind, und sie sind bis jetzt nicht zurückgekommen. Und ein Freund von ihnen hat schon ein paar Mal bei uns nach ihnen gefragt.«
Klausen winkt einen Jungen heran, der sich als Harald Andersen vorstellt. Gemeinsam gehen sie zur Nachbarhütte.
Der Schlüssel hängt an einem Haken hinter einem Balken. Sie schließen auf. Die Hütte ist menschenleer, aber Knutsens Blick bleibt sofort an den vielen Instrumenten hängen.
»Sie haben eine Band. Sind zum Üben hier«, erklärt Harald Andersen. »Ich glaube, sie nennen sich *Express*.«
»Was sagst du da?«
Knutsen schüttelt den Kopf, als ihm klar wird, wer die vermissten Jugendlichen sind. *Express*. Alte Bekannte aus seinem Distrikt. Elin Helgesen und Jørn Haugen. Und die beiden anderen von Øystre. Knutsen spürt, wie seine Nerven sich anspannen. Natürlich müssen die wieder in irgendeinen Mist verwickelt sein. Obwohl, man kann wohl nicht von irgendeinem Mist reden, wenn jemand im Schneesturm festsitzt, oder? Er überprüft die Hütte und findet eine leere Colaflasche in einem der Schlafzimmer. Die nimmt er mit. Den Geruch kennt er.

❄

Langsam wird sich Audun wieder der Realität bewusst. Die Bilder ziehen sich in die Dunkelheit zurück. Er ist in der Schneehöhle, zusammen mit den anderen. Er hat Angst. Woher kommen all die Bilder bloß? Ist er jetzt dabei, vollkommen durchzudrehen?

Wahrscheinlich hat er am vergangenen Abend zu viel gekippt. Der größte Teil des Abends und der Nacht sind wie weggeblasen. Er hat rasende Kopfschmerzen und weiß nicht so recht, was wirklich geschehen ist und was nur Bilder sind. Eingebildete Bilder.

Er friert. Es ist dunkel. Er hört merkwürdige Geräusche aus der Dunkelheit. Er fängt an nach etwas zu suchen, um sich festzuhalten.

Da schreit Trude plötzlich auf.

»Leise!«

»Was ist denn …«

»Leise!«

Da hört er es. Ein anderes Geräusch dringt durch den gedämpften, pulsierenden Lärm des Schneesturms, der draußen wütet. Ein leises, murmelndes Poltern.

»Was ist das?«

»Eine Lawine!«

Samstag

Eins

Elin schließt die Augen, zwingt sich den Mund zuzuklappen, hält die Hände über die Ohren. Die Sekunden erscheinen ihr in der Schneehöhle wie eine Ewigkeit. Das dumpfe Poltern wird lauter. Ihr ist, als könnte sie spüren, wie der Boden bebt. Sie wartet darauf, dass der Raum explodiert. Dass sie losgerissen und hingeworfen, von den bestialischen Fingern der Lawine gepackt werden. Begraben in fest gepresstem Schnee. Kein Licht. Keine Luft. Begraben. Sie schreit, schlägt um sich. Will hoch. Aus ihrem Körper. Raus. Etwas zerrt an ihren Armen. Schüttelt ihren Körper.

»Elin!«

Was war das?

»Elin. Es ist vorbei. Es war nicht hier bei uns.«

Das ist Trude. Elin löst ihren Griff um den Kopf. Lauscht. Wieder ist nur das gleichmäßige Heulen des Schneesturms zu hören, das die Dunkelheit durchdringt. Das Poltern des Berges ist vorbei. Die Lawine ist abgegangen. Der Berg hat sie gewarnt. Hier herrsche

ich. Ihr seid in meiner Gewalt, in meinem Schoß. Aber ich gewähre euch noch ein bisschen Zeit. Ein ganz bisschen Zeit.
Elin wirft sich Trude an den Hals. Sie lässt die Tränen laufen, spürt, wie ihr ganzer Körper zittert. Der Damm bricht. Sie hat Angst. Todesangst.
»Es wird alles gut werden«, flüstert Trude. Elin spürt, wie ihre eigene Hand sich um das lange Haar der Freundin krampft. Sie hält fest. Es ist gut, nicht allein zu sein. Gut, dass Trude hier ist. Und Jørn und Audun.
Langsam kommt ihr Körper zur Ruhe. Erschöpft und kraftlos. Aber ihre Gedanken hören trotzdem nicht auf, sich unaufhörlich im Kreis zu drehen. Sie kratzen an der Tür, streichen über die Wand, huschen in der Dunkelheit herum.
Sie können sterben. Lebendig begraben werden. Es können noch weitere Lawinen abgehen. Vielleicht kommen sie nie wieder hier heraus. Niemand weiß, wo sie sind. Niemand wird sie vermisst melden, eine Suche starten und sie finden. Das kann bis zum Frühling dauern. Und sie ist schuld daran. Die fünf steifen Finger! Wer liegt da tot vor der Schneehöhle? Immer neue Bilder spulen sich in Elins Kopf ab: Sie fällt in eine endlose Dunkelheit und wird johlend hinuntergewirbelt, bis sie einen roten Anorak wie einen leuchtenden Punkt in der Dunkelheit sieht. Sie fällt immer langsamer und schwebt schließlich lautlos über der Leiche. Der Lichtkreis weitet sich aus, immer mehr von der Toten wird sichtbar. Das Bein mit einem gebrochenen Ski und die Hände in einem festgefrorenen Griff. Als sich das Licht noch

weiter öffnet, kommt auch das Gesicht zum Vorschein, aber es dringt kein Laut aus dem Mund, denn das Gesicht ist steif, die Augen starren leblos ins Nichts und Elin schreit und schreit, als sie das Gesicht erkennt. Es ist ihr eigenes.

❄

Jørn beschwört in Gedanken einen anderen Raum hervor. Einen anderen Ort. Er erträgt es nicht, dass Elin die Kontrolle verloren hat. Dass sie in Panik geraten ist. Sicher, er hat auch Angst, aber er lässt sich von der Furcht nicht in die Knie zwingen. Lässt sie nicht an sich heran. Schließt die Tür. Verriegelt sie. Will nicht jammern. Will die Hoffnung nicht verlieren. Will nicht aufgeben. Er beschwört den Raum mit den schrägen Wänden daheim auf der Westseite des Slidrefjords herauf. Schlendert durch das Zimmer. Setzt sich auf den Stuhl und nimmt die Takamin. Stöpselt sie ein und dreht den Verstärker hoch. Spielt laut. Er ist allein zu Hause. Kein Mittagsschlaf, der gestört werden kann. Niemand will Ruhe und Frieden nach einem anstrengenden Arbeitstag. Er zieht das Plektrum aus der Tasche, ein weißes Haiknochenplektrum, und lässt es vorsichtig über die Saiten springen. Lauscht. Spannt die G-Saite nach. Jetzt ist sie perfekt gestimmt. Er dreht die Lautstärke noch etwas mehr auf. Lässt die rechte Hand langsam nach einem stimmigen Rhythmus suchen. Spürt, wie die Schwingungen seinen Fuß packen, wie sie sich in den Körper hinein ausbreiten. Swingend, mitreißend, rhythmisch. Die linke Hand erforscht Variationen um einen Standard-Zwölfertakt. Spielt mit einem Neuner. Lässt ihn anwachsen und kleiner werden. Baut auf. Sucht den Klang. Sucht weiter, bis das Rhythmusmuster und das Akkordschema zusammenpassen. Jetzt ist es an der Zeit, nach einer Melodienfolge zu suchen. Er sucht nach Tönen, die harmonisieren und herausfordern, sich nach vorn strecken und Brücken zwischen den Akkorden und Rhythmen bauen. Langsam winden sie sich und finden ihren Platz, schließen sich einer Führung an, bis sie zu einer Melodie werden, die dort sitzt, wo sie hingehört. An der richtigen Stelle.

Mit einem Mal ist Jørn wieder in der Höhle. Er spürt die Feuchtigkeit, bis auf die Haut. Die Kälte, die sich festkrallt. Er schaut in die Dunkelheit. Hört schluchzendes Atmen von der Mädchenseite. Fühlt Audun, der ruhig hinter seinem Rücken liegt. Schläft er?

❄

In Auduns Kopf herrscht das reine Chaos. Er will reden, aber er hat das Gefühl, die anderen haben mehr als genug mit sich selbst zu tun. Die Bilder fließen ineinander. Die rollenden Köpfe, die endlose Lichtlandschaft, die Füße, die trampeln, die Grube, die ihn in sich hineinsaugt. Der rote Handschuh. Der Handschuh dreht sich und tanzt, windet und krümmt sich, will ihn verfolgen. Als wolle er etwas von ihm. Der Handschuh zerfließt und wird zu einem Frauengesicht. Dann befindet er sich plötzlich in Hütte Nummer 16. Das Chaos. Die Leiche.

Plötzlich wird es ihm mit aller Deutlichkeit bewusst: Die Frau, die steif, tot und erfroren in der Schneewehe draußen liegt, sie wohnte in Nummer 16.
Audun weiß, dass er sie schon mal gesehen hat, irgendwo … aber wo? Dann fällt ihm auch das ein. Wie das Aufleuchten eines Blitzes. Das ist die Frau, die am gestrigen Tag in der Abfahrtsdiscothek Fotos gemacht hat. Diese Journalistentante. Dann verschwimmen die Bilder wieder ineinander. Er zappelt im Griff des Schneiders. Audun versucht die Bilder getrennt zu halten, sie eins nach dem anderen zu packen zu kriegen. Sein eigenes Gesicht spiegelt sich voller Todesangst im Helmvisier. Dann wirbeln die Szenen weiter, verschwimmen ineinander, werden herumgewirbelt, als wäre der Schneesturm in seinen Kopf gedrungen. Audun schnappt nach Luft. Werden ihn die Bilder je loslassen?

❄

Trude weint. Die Tränen laufen ihr über die Wangen. Sie sind kalt. Sie umarmt Elin. Beschützt sie. Und sucht selbst Trost. Werden Mama und Papa es ertragen, wenn sie auch noch stirbt?
Die Dunkelheit öffnet sich, sie steht am Bett ihres Bruders. Er liegt ganz ruhig da. Als wenn er schliefe. Seine lebendigen Augen ruhen aus. Trude weiß, dass er nicht wieder aufwachen wird. Der Funke ist erloschen. Für immer. Das Bild flimmert. Sie laufen im Garten herum, klettern auf die Bäume. Rune, der ausgelassen hin und her schaukelt. Rune, der ans Kletterseil springt und

enormen Schwung kriegt. Rune, der sein Mountainbike hochreißt und die Straße hinunter davonbraust. Die quietschenden Bremsen. Der Knall. Der Schrei. Die endlosen Meter vom Garten bis zur Straße. Den Hügel hinunter. Das verdrehte Rad unter dem Auto. Rune bewegungslos im Graben. Das Rad, das sich dreht. Die Beine in unnatürlicher Stellung. Das Blut. Das viele Blut. Das Bild wechselt. Zurück ins Zimmer mit Rune auf dem Bett. Als würde er schlafen. Sie saß stundenlang bei ihm und hat mit ihm geredet. Nein, sie hat ihm alles erzählt. Alles, was sie vorher nie hatte sagen können. Alles, was sie mit ihm hatte machen wollen. Was sie jetzt nicht mehr schaffte. Gibt es ein Nachher? Nach der Kälte? Nach der Stille? Irgendetwas? Wird sie Rune treffen, wenn …

Die Gedanken und Bilder machen Trude schutzlos. Aber sie will nicht verwundbar sein. Sie will nicht aufgeben. Sie will die Kontrolle behalten. Den Rhythmus in sich haben. Steady sein.

❄

Elin spürt, wie Trude sich immer schwerer und schwerer an sie lehnt. Der Körper zittert, der Schwerpunkt verändert sich.

Sie streckt sich, bewegt die Finger, damit sie nicht gefühllos werden, krümmt die Zehen in den Stiefeln. Die Kälte darf sie nicht zu fassen kriegen. Dann lässt sie sie nicht wieder los. Sie dürfen nicht aufgeben. Sie ergreift Trudes Hände, drückt sie.

»Es wird schon gut gehen. Wir schaffen das«, flüstert sie.
Sie spürt, dass Trude zittert. Weint sie oder nickt sie? Elin holt tief Luft: Sie werden nicht aufgeben. Sie dürfen es nicht. Wer aufgibt, der hat schon verloren!
»Jørn?«
»Ja?«
»Audun?«
»Hier.«
Die Stimmen klingen leise, vorsichtig. Sie müssen miteinander sprechen. Die Stille reißt den Abgrund auf.
»Trude?«
»Mmm.«
Sie antworten. Sind da. Es ist schon nicht mehr so kalt. Und dann ist es plötzlich Trude, die den Rettungsring auswirft.
»Wollen wir uns nicht gegenseitig erzählen, woran wir denken?«, flüstert sie.
»In Ordnung.«
»Okay.«
»Elin?«
»Ja.«
Dann die Stille. Niemand wagt sich vor. Elin spürt die Panik wieder in sich aufsteigen. Die Höhle ist klein. Die Öffnung ist zugeweht. Sie sind eingeschneit. Ihnen wird die Luft ausgehen, sie werden ersticken, das ist wie ertrinken. Zuerst wird das Dach über ihnen zusammenbrechen und die Luft wird langsam von ihrem eigenen Atem vergiftet, dann werden die kalten Körper nach dem letzten Rest Sauerstoff schnappen und sich

ans Leben klammern. Aber werden die Hände einander suchen um zu trösten oder werden die Fäuste sich ballen und die Nägel sich in die Haut pressen, während sie langsam ersticken? Werden sie zusammenhalten oder wird jeder für sich um sein Leben kämpfen?

»Ich kann anfangen«, sagt Trude und räuspert sich. Elin versucht sich zusammenzureißen.

»Gut.«

»Ich habe an meinen Bruder gedacht. An Rune.«

»Ich wusste gar nicht, dass du einen Bruder hast!«

»Doch, habe ich. Aber er ist tot.«

❄

Der Schneider gönnt sich einen guten Schluck. Holt tief Luft. Die Lage darf ihm nicht aus den Händen gleiten. Es ist an der Zeit, die Strategie zu ändern. Und die Kleidung. Er muss einen anderen Overall herausholen. Diesen hier wegschaffen. Die Katze ist schon in Ordnung. Der Bulle war nicht nah genug, um sie deutlich sehen zu können.

Trotzdem fühlt er sich nicht sicher. Er muss sein Lager woanders unterbringen. Kann das Risiko nicht eingehen, dass plötzlich an die Tür geklopft wird. Der Schneider beschließt, die Flaschen früh am Morgen umzulagern und die Kisten ins Hotel zu bringen. Wenn es am Abend schief gehen sollte, wird er das nicht allein ausbaden müssen. Aber erst einmal braucht er ein paar Stunden Schlaf, damit sein Kopf wieder klar denken kann. Der Schneider geht zum Fenster, schaut hinaus ins Schneetreiben. Er dankt Mutter Natur, dass sie ihm oben beim Gravholskamp geholfen hat. Jetzt ist zumindest diese Sache aus der Welt geräumt.

❄

Wieder zurück auf dem Polizeiposten, muss Knutsen sich erst einmal Luft machen. Er erzählt Anne-Marit von dem Helmmann, aber auch von Elin und Jørn und in welchen Schlamassel sie im letzten Jahr verstrickt waren. Und er zeigt ihr die leere Colaflasche, die er in dem einen Schlafzimmer gefunden hat.

»Wo die auftauchen, gibt es immer Probleme.«

»Aber jetzt ist das Problem doch eigentlich eher, dass sie nicht auftauchen, oder?«, fragt Anne-Marit und reicht ihm einen Becher Kaffee.

Knutsen schreibt schnell seinen Bericht. Er drückt auf Print und betrachtet konzentriert die Maschine, bis der Bericht fertig ausgedruckt daliegt.

Er gähnt, greift nach dem Kaffeebecher. Jetzt könnte er sich gut ein Stück Tabak vorstellen, hält sich aber zurück. Er nimmt einen Schluck von dem lauwarmen Kaffee und dreht den Stuhl herum.

»Vielleicht sollten wir diesen Tag jetzt erst mal speichern und uns aufs Ohr legen? Es ist gar nicht mehr lange hin, bis wir wieder hoch müssen.«

Er wirft einen Blick zu Anne-Marit Johansen, die immer noch den Laptop durchforscht. Sie streicht eine vorwitzige Haarsträhne hinter das Ohr, streckt sich und schaut ihn an.

»Da hast du wohl Recht. Aber erst einmal sollten wir unsere Köpfe noch ein wenig ausquetschen, um den morgigen Tag zu planen. Da kommt es auf jeden Schritt an.« Knutsen ist ihrer Meinung.
»Ja. Die Kommandozentrale ist in der Wachhütte etabliert. Die Aktion ist mit der Hauptrettungszentrale koordiniert. Ich habe auch den Polizeiposten in Gjøvik angerufen, ihm berichtet und darüber informiert, dass wir hier eine lokale Rettungsstation eingerichtet haben«, sagt Johansen. »Wir fangen an, sobald das Wetter sich etwas beruhigt. Der Rettungsdienst stellt eine Mannschaft, aber wir sind es, die die Aktion leiten.«
»Dann gibt es also zwei Suchaktionen?«
»Ja. Eine zum Hornstøl, um nach Line-Cathrine Sørensen zu suchen, und eine in der Gegend um den Olevatn, um nach *Express* zu suchen.«
»Das heißt: Wir brauchen mehr Leute«, sagt Knutsen.
»Die habe ich bereits bei der Rettungszentrale und in Gjøvik angefordert.«
»Prima. Wir können noch Verstärkung von Slidre und Vang bekommen. Ich wünschte nur …«
»Was?«
»Der Lynx ist einfach zu langsam. Der Yamaha hat einen stärkeren Motor.«
»Hat das was mit der Suchaktion zu tun?«
»Nicht direkt, aber … vielleicht ja doch?«
»Ich werde das ansprechen. Ich schlage vor, du gibst mir einen Blitzkurs in Schneescooterfahren, sodass ich den Lynx übernehmen kann. Dann sorge ich dafür, dass wir noch einen Scooter zusätzlich kriegen, wegen

des Verdachts auf größere Mengen von GHB, ich frage in Gjøvik an. Ich glaube, ein Yamaha wäre ideal. Ich übernehme das Kommando und leite die Aktion, dann kannst du dich frei im Gelände bewegen.«
Knutsen steht der Mund offen.
»Wenn du meinst …«
»So machen wir es. Es hat doch keinen Sinn, wie eine Schnecke davonzuschleichen, wenn wir etwas ausrichten wollen. Wie sieht es mit der Kommunikation aus?«
»Der Rettungsdienst benutzt Handys, wir haben ein Set tragbarer Motorola. Wir haben einen neuen, weit reichenden Kanal 2.«
»Können wir verschlüsseln?«
»Nein, aber denkst du denn, dass wir abgehört werden?«
»Ich weiß nicht, aber wir sollten es nicht darauf ankommen lassen. Leute, die diesen Stoff herstellen und verkaufen, die scheuen vor nichts zurück.«
Knutsen sucht in seiner Brusttasche nach der Dose mit dem Kautabak. Als er Anne-Marits Blick auffängt, lassen seine Finger sofort los, als hätte er sich verbrannt. Sie lacht.
»Bitte. Nimm nur ’ne Prise.«
Knutsen sieht sie an. Ach, was soll’s. Er holt die Kautabakdose heraus, schiebt sich ein reichliches Stück unter die Oberlippe und wartet auf die Wirkung. Das ist wie nach Hause kommen, denkt er.
»Parallel zu den Suchaktionen müssen wir Rønning im Auge behalten und Wikdahl und die anderen da oben im Palast überprüfen«, sagt er schon viel munterer.

»Ist das nicht ein bisschen zu viel des Guten? Es kann sich doch herausstellen, dass die beiden ganz einfach nur in die gleiche Lady verliebt sind.«
»Kann schon sein, aber wir dürfen sie jedenfalls nicht vergessen. Und wir müssen nachfragen, wer eigentlich eine Genehmigung fürs Schneescooterfahren hat.«
»Meinst du, dass das was bringt? Es kann doch jeder einen Scooter auf dem Hänger herbringen. Das Risiko, dass die Genehmigung überprüft wird, ist ja nicht besonders groß.«
»Ich denke, es ist trotzdem einen Versuch wert. Aber komm, jetzt legen wir uns erst einmal ein paar Stunden aufs Ohr.«
»Nur noch eins.«
»Ja?«
»Wir müssen einen Drogenspürhund für Samstagabend anfordern!«
Knutsen stimmt ihr zu. Sie verteilen die Arbeitsaufgaben, dann greift er zum Telefon.
»Ich fordere mehr Leute an und werde schon jemanden dazu kriegen, den Yamaha herzubringen«, erklärt er. »Da habe ich so meine Tricks.«

❄

Die Worte füllen die Schneehöhle aus. Alle vier erzählen etwas. Fragen. Reden miteinander. Hören die Geschichten der anderen, werden fester miteinander verbunden, besser miteinander bekannt.
Jørn spürt, wie sein Panzer Risse bekommt. Er kann es

nicht ändern, er muss die Worte in sich aufnehmen. Das betrifft auch ihn, denn das betrifft seine Freunde, die ihm wichtig sind. Und das betrifft *Express*. So paradox es sich anhört, aber hier, eingeschlossen in eine kleine Schneehöhle mit dem Sturm, der außen tobt, und mit einer unbekannten Leiche, die steif gefroren im Schnee liegt, kommen sie einander näher. Nicht durch Töne, sondern durch Worte. Öffnen sich, hören zu. Lassen die Gedanken der anderen an sich heran. Furcht. Angst. Alles.

Sie fangen mit den nahe liegenden Gedanken über Lawinen und den Sturm an. Aber die Kreise werden immer größer, die Worte sitzen lose, die Gedanken verkriechen sich nicht länger in Nischen und Ecken. Vielleicht gelingt es uns doch, den Knoten zu lösen, vielleicht ist ja doch nicht alles vollkommen hoffnungslos, denkt Jørn.

Als die Worte verklungen sind, ist die Stille nicht länger bedrohlich. Es scheint fast, als wäre sie auf ihrer Seite.

»Wisst ihr, dass man einen scharfen Blick kriegt, wenn man viele Karotten isst?«, sagt Elin.

Jørn lächelt. Sie ist wieder ganz die Alte.

Zwei

Der Schneider hängt den Schlitten wieder an die Anhängerkupplung und startet den Scooter. Der Dreizylinder-Motor brummt wohlwollend. Der Tank ist voll. Keine der Kontrolllampen leuchtet auf. Er schließt den Klettverschluss seines Anzugs und wischt ein paar Schneeflocken von dem Sichtschutz. Er ist soweit. Sicherheitshalber hat er das Radio mitgenommen, sodass er die Frequenz der Bullen abhören kann.
Jetzt, so früh am Morgen, gibt es immer noch einzelne kräftige Windböen, aber die gewaltige Kraft des Schneesturms ist vorbei, auch wenn feiner Schnee noch von Schneewehen und Wegrändern hochgewirbelt wird. Aber das ist kein Problem für die Thundercat. Er gibt Gas und drückt das Knie routiniert gegen den Sattel. Das 39 Zentimeter breite Kettenband krallt sich in den Schnee und rollt los. Das Lager ist sicher im Hotel verstaut. Er weiß, dass die Warenproben, die er in den entsprechenden Kreisen verteilt hat, ihre Wirkung haben werden. Es wird heute Abend einen wahren Ansturm

auf das Gebräu geben. Das Ericsson wird schwitzen. Mit etwas Hilfe beim Dealen wird er die Nachfrage befriedigen können. Jon ist für einen Dreh und leichtes Geld immer zu haben. Aber erst heute Abend.
Der Schneider grinst, während er das Gewicht verlagert und einen Schneewall als Kurvenüberhöhung benutzt. Der Schlitten folgt. Er gibt mehr Gas und die Katze schießt munter nach vorn. Sie nähern sich dem Treffpunkt.

❄

Es kribbelt im Bein. Jørn wacht mit einem Ruck auf. Einen kurzen, verwirrenden Augenblick lang schnürt ihm die Panik den Hals zu. Er sieht kein Licht. Dann fällt ihm alles ein. Sie sind in der Schneehöhle. Die anderen schlafen. Es ist kaum zu glauben. Er friert jetzt. Die Luft in der Höhle ist schwer. Das Dach ist heruntergerutscht, die Höhle ist enger geworden. Jørn tastet sich auf den Boden vor und krabbelt hin zu der mit Schnee versiegelten Öffnung. Da hört er Trudes flüsternde Stimme.
»Jørn?«
»Ja. Ich muss mich ein bisschen bewegen.«
»Hmm.«
Er tastet sich zur Kältegrube vor. Lauscht. Der Sturm tost nicht mehr so laut wie vor einiger Zeit. Es ist ruhiger. Man hört ein unregelmäßiges Sausen, aber keine wilden Böen. Und kein Donnern einer Lawine.
»Hörst du was? Hat der Sturm sich gelegt?« Er dreht

sich um. Starrt in die Dunkelheit. »Ich weiß nicht … kann sein. Wie spät ist es?« Er hört, wie Trude sich aufsetzt. Er sieht einen grünen Lichtschein, als sie auf ihrer Digitaluhr nachguckt. »Viertel vor sechs. Wollen wir mal rausgucken?«

»Von mir aus.«

Elin und Audun bewegen sich, wachen langsam auf. Der Atem geht schwer und angestrengt. Sicher sind Trude und er selbst am besten in Form. Elin ist wohl ganz okay, aber reichlich erschöpft. Audun hat kaum noch Kraft.

Jørn kriecht zur Höhlenöffnung und gräbt sich mit dem Spaten frei. Der Wind hat den Schnee zusammengepresst. Für einen kurzen Moment fühlt er, wie Panik und Angst ihn zu fassen bekommen.

»Bist du dir sicher, dass es die richtige Richtung ist?« Trude lacht. Sie lacht!

»Ja, natürlich, es sei denn, die Erde hat sich im Laufe der Nacht umgedreht.«

Jørn gräbt. Das Licht verändert sich. Die Geräusche werden lauter. Dann flattert ihm frische Luft ins Gesicht, sie strömt in die Höhlenöffnung hinein, als der Spaten die Schneewand durchstößt. Er hält inne. Wartet. Horcht. Der Wind ist noch da. Aber der Sturm ist verschwunden. Jørn gräbt jetzt schneller. Er zwängt sich in den Höhleneingang, windet sich hinaus. Der Schnee rutscht ihm ins Gesicht, aber er kümmert sich nicht mehr darum, dass er nass und kalt wird. Er will raus. Überall sind weiße Konturen zu sehen. Jørn kriecht noch ein Stück weiter, dreht den Kopf und schaut nach oben. Die Wolken eilen

über den Himmel. Er kann einen schwachen Lichtschein im Osten entdecken. Es ist nicht vollkommen dunkel. Der Mond steht tief hinter den Wolken und streckt seine bleichen Lichtfinger dort vor, wo die Wolkendecke aufgerissen ist. Da sieht er es. Und schreit.
Einen halben Meter von seinem Gesicht entfernt ragt eine steife Hand aus dem Schnee heraus. Für einen Moment hatte er die Leiche vergessen. Oder verdrängt. Jetzt, bei dem Anblick der gespreizten Hand mit den fünf steifen, nackten Fingern, die aus dem Schnee herausragen, wird ihm schlagartig bewusst, wie nah sie alle hier dem Tod sind. Jørn schlägt mit den Fäusten in den Schnee. Er schreit und heult. Die Tränen laufen ihm über die Wangen. Er spürt kaum den Griff um die tauben Beine. Dann wird er wieder in die Höhle hineingezogen. Die steifen Finger verschwinden.
»Was ist denn los?«
Trude und Elin atmen schwer in der Dunkelheit hinter ihm. Jørn wischt sich den Schnee aus dem Gesicht.
»Ich hatte die Leiche vergessen. Und hab mich erschrocken und …«
Mehr sagt er nicht. Das ist auch nicht notwendig. Er weiß, dass die anderen ihn verstehen.
»Ist er vorbei?«, fragt Trude nach einer Weile.
»Wer?«
»Der Sturm!«
»Es ist noch ein bisschen windig, aber nicht mehr so stark wie gestern. Und es wird langsam hell. Ich glaube, wir könnten losgehen. Wir wissen ja ungefähr, wo wir sind, und mit Kompass und so …«

»Ich schaffe es nicht«, flüstert Elin. »Und Audun ist auch nicht gerade in Topform.«
Jørn nickt, dann fällt ihm ein, dass das niemand sehen kann.
»Klar. Aber wir können nicht einfach hier sitzen bleiben. Es ahnt doch niemand, wo wir sind. Jemand muss Hilfe holen. Trude?«

❄

Zehn Minuten später haben sie Skier an den Beinen. Jørn dreht sich zu Trude um.
»Bist du soweit?«
»Ja.«
Elin lächelt tapfer, aber er kann sehen, dass sie Angst hat. Sie weicht seinem Blick aus.
»Wir holen Hilfe, so schnell wir können.«
»Grabt euch ein, wenn es wieder anfängt zu stürmen. Wir überleben hier schon«, sagt Elin.
Jørn nickt. Er hat den Spaten im Rucksack. »Bis bald.« Dann lässt er die Skier nach unten fahren. Sie haben beschlossen ins Tal hinunterzufahren und dann wieder hochzusteigen. Sie hoffen, dass sie so die Loipe finden werden. Die ist gekennzeichnet.
Jørn dreht sich noch einmal um und sieht, dass Trude dicht hinter ihm fährt. Einen Moment lang scheint es ihm, als würde er in den Augenwinkeln sehen, dass Elin ihnen hinterherwinkt. Doch dann merkt er, dass es die fünf steifen Finger sind, die sich gegen den Schnee abzeichnen. Danach wird alles weiß.

❄

Elin schaut zu Audun hinüber. Er hat sich so verändert. Das Lockere, Freche ist verschwunden. Er ist nachdenklich und still.
»Woran denkst du?«
Audun sieht sie an. Seine Augen sind feucht. Seine Hände zittern.
»Ich weiß nicht … vielleicht an alles?«
Alles? Elin wundert sich über die Antwort. Was kann er damit meinen? Was ist alles? Alles? Die Worte prägen sich ihr ein. Alles oder nichts.
»Zehn Öre für deine Gedanken.«
Elin zuckt zusammen. Audun stößt sie an, lässt seine Hand auf ihrer Schulter liegen. Elin hebt die eigene Hand, umfasst Auduns Finger. Zieht seine Hand herunter. Hält sie fest. Schaut zu dem schwachen Licht der Höhlenöffnung. Sie sitzen nebeneinander auf der einen Schneebank. Der Frost nagt erneut an ihnen.
»Hallo, bist du da?«
»Ja, ja, aber was ist eigentlich alles?«
Sie blinzelt ein paar Tränen weg.
»Na, das ist vielleicht … am Leben sein?«

❄

»Übrigens, mit dem Hund heute Abend geht es klar«, sagt Anne-Marit Johansen, als sie zur Kommandozentrale gehen. Knutsen streckt den Daumen in die Luft. Der Hund wird jedenfalls denjenigen, die mit Dope antanzen, ein paar Knüppel zwischen die Beine werfen. Die Schneescooter stehen in Reih und Glied vor dem Polizeiposten. Sie gehen hinein. Er ist voller Menschen, die für Gebirgsexpeditionen gerüstet sind. Knutsen spürt, wie es in ihm brodelt, als er Morten Rønning entdeckt. Sobald er diesen Kerl sieht, rebelliert sein ganzer Körper und eine Warnglocke klingelt hinten im Kopf. Dann hört er plötzlich das Lachen von Sondre Wikdahl. Er schiebt seine Gedanken zur Seite und wendet sich den Suchmannschaften zu.

»Guten Morgen. Wir werden in zwei Gebieten suchen. Anne-Marit Johansen leitet die Aktion vom Polizeiposten aus. Der Polizeiscooter bleibt ihr hier zur Verfügung.«

Es wird eine schnelle, problemlose Besprechung. Johansen informiert über die Vermissten. Die Hauptgruppe wird für die Suche im Osten von Knaushøgdi eingesetzt, zum Olevatn und Vinstervatn hin. Eine kleinere Suchtruppe wird weiter in der Gegend um Hornstøl suchen. Sie verteilen die Funkausrüstung, stellen einen Suchplan auf und verteilen die Aufgaben.

Kurze Zeit später sind sie draußen auf der Hochebene. Knutsen folgt einer der zugewehten Loipentrassen zum Nordende von Olevatn. Er gibt Gas und genießt den Luftdruck auf seinem Gesicht, als der Yamaha zulegt. Es herrscht immer noch ein frischer Wind und die Schneewehen bilden eine pulsierende weiße Wand vor ihm. Der Wind klappt hinter seinem Rücken zusammen. Er kann nicht besonders schnell fahren. Es ist unmöglich, weit zu sehen, und die Chancen, die Vermissten zu finden, dürften minimal sein. Er spurt auf den nächsten Loipenabschnitt und gibt Gas.

❄

Jørn zwingt einen Fuß vor den anderen. Er lehnt sich gegen den Wind. Der Sog vom Wind ist zwischen den Hügeln besonders stark, aber sie haben Glück und treffen direkt auf eine gekennzeichnete Loipe.

»Welche Richtung?«, schreit er. Trude sieht auf den Kompass und zeigt dann die Richtung. Auf dem ausgefahrenen Untergrund verfehlen sie wieder die Spur und müssen in ihren eigenen Spuren zurück zur letzten Loipenmarkierung gehen. Und es von Neuem versuchen. Sie wischen den Schnee mit den Fingern weg, bis sie die zugeschneiten Loipen finden, und versuchen ihnen dann bis zur nächsten Markierung zu folgen. Aber ihre Beine sind schwer wie Blei. Jørn spürt jetzt, wie müde er ist. Viel geschlafen hat er nicht und Elin hatte ja nur für eine Rast Brote geschmiert. Es ist anstrengend, vorwärts zu kommen. Er ist sich nicht mehr sicher, ob ihre Entscheidung wirklich richtig war. Haben sie genug Kraft dafür?

»Wir schaffen es nicht«, schreit er nach hinten zu Trude. Der Wind packt seine Worte und wirbelt sie in den Schnee. Er dreht sich um und will noch einmal rufen. Da winkt Trude mit beiden Armen. Sie zeigt auf etwas hinter Jørn. Er schaut wieder nach vorn und entdeckt ein einsames Licht zwischen den Schneewehen. Es kommt langsam näher. Dann hören sie das Geräusch.

Es wird immer lauter. Übertönt schließlich den Wind und das Schneesausen.
»Das ist ein Schneescooter.«

❄

Knutsen vergewissert sich noch einmal, ob er richtig verstanden hat. Dann holt er den Motorola raus und ruft den Polizeiposten.
»Kommandozentrale hier. Du bist gut zu verstehen.«
»Knutsen. Ich habe zwei der Jugendlichen gefunden. Jørn und Trude. Audun und Elin befinden sich noch in einer Schneehöhle.«
»Sind alle unverletzt?«
»Ja. Aber ich brauche Hilfe. Sie haben sich in einem Lawinengebiet eingegraben und eine Skiläuferin gefunden, die im Schnee umgekommen ist. Eine junge Frau.«

❄

Der Schneider umklammert das kleine Radiogerät, während er die Meldung der Polizei abhört. Er flucht. Eine Leiche im Schnee. Audun und Elin immer noch in der Höhle. Audun … das muss dieser Idiot sein, der in Nummer 16 war. Die Jugendlichen haben sich doch tatsächlich in die Lawine eingegraben. In seine Lawine! Er schlägt mit der geballten Faust auf den Ledersattel. Tritt gegen den Schnee. Dann wird es ihm plötzlich bewusst: Audun ist in der Schneehöhle!
»Ich warte hier«, hat der Bulle gesagt. Der Schneider

schnappt nach Luft. Er muss jetzt logisch handeln. Schließlich weiß er selbst genau, wo die Schneehöhle ist. Und sich in einem lawinengefährdeten Gelände zu bewegen ist lebensgefährlich. Man kann nie wissen, wann eine neue Lawine abgeht. Er lächelt boshaft und gibt voll Gas. Es wird Zeit, sich dieses Problem endgültig vom Hals zu schaffen.

❄

Elin hört es zuerst. Das konstante Geräusch bohrt sich ihr in den Kopf.
»Was ist das für ein Geräusch, Audun?« Audun schüttelt den Kopf. Horcht. Lächelt. »Das ist ein Schneescooter. Wir sind gerettet!« Sie stürzen alle beide auf die Höhlenöffnung zu. Graben sich hinaus. Rufen, schreien und fuchteln mit den Armen, während sie losen Schnee wegschieben und sich ins Freie zwängen. Raus aus der Höhle. Weg von dem Grab. Elin krabbelt als Erste hinaus. Inzwischen ist es heller geworden. Sie kann ziemlich weit sehen, obwohl der Schnee immer noch aufgewirbelt wird. Aber es ist kein Schneescooter zu erkennen. Audun krabbelt ihr nach.
»Hallo. Hier sind wir!«, ruft er.
Elin stimmt mit ein. Sie rufen, schreien und springen im Schnee auf und ab.
Der Scooterlärm wird wieder leiser. Fährt er vorbei? Sie sehen einander an. Grölen und schreien.
»Hier sind wir!«
Jetzt wird das Geräusch wieder stärker, aber es ist

schwierig, das Brummen genau zu lokalisieren, das zwischen den Hügeln und Schneeverwehungen hin und her geworfen wird. Plötzlich sehen sie den Scheinwerfer wie einen Zeigefinger gegen den Himmel hochragen und entdecken den Scooter, der sich langsam in der Schneewehe hinter und über ihnen vorarbeitet. Auf der Spitze der Schneewehe. Sie wedeln mit den Armen, damit der Fahrer sie entdeckt. Der Scooter hält an. Elin fuchtelt wie wild und ruft dem schwarzen Tier zu, das sich mit seiner Kette in den Schnee krallt. Sie winkt.
»Wir sind gerettet«, ruft sie erleichtert.
Der Scooter stürmt jetzt voran. Der Fahrer sitzt ganz still. Er winkt nicht zurück. Sie wendet unsicher ihren Blick zu Audun.
»Sieht er uns denn nicht?«
Audun steht unschlüssig da, die Arme herabhängend, und starrt den Schneescooter am Hang über ihnen an.
»Was ist los?«
Elin spürt, wie die Panik sie erfasst. Sie guckt wieder zum Scooter hoch. Der Fahrer hat einen Helm auf und den Sichtschutz heruntergeklappt. Er trägt einen dunklen Overall.
»Was ist los?«, ruft sie verzweifelt.
»Hütte Nummer 16«, murmelt Audun und zeigt auf die steifen, ausgestreckten fünf Finger, die direkt neben dem Höhleneingang aus dem Schnee herausragen. Elin wirbelt herum. Der Scooter faucht wie eine wütende Katze. Die Kette krallt sich in den Schnee. Da begreift sie. Der Scooter versucht eine Lawine auszulösen.
Elin spürt, wie ein Schrei in ihr wächst, doch er kommt

nicht heraus. Sie will die Schneewehe hochlaufen und den Fahrer zur Leiche herunterzerren und ihm zeigen, was passiert, wenn eine Lawine abgeht. Aber der Schnee umklammert ihre Beine, presst sich an sie, dass sie sich nicht rühren kann. Elin wirft sich vor, zurück, zur Seite. Sie sitzt fest. Audun steht unbeweglich neben ihr. Sie schreit und schreit und alles wird schwarz. Weit entfernt hört sie, wie der Schneescooter aufheult, aber sie ist hilflos gegenüber der Lawine, die sie lebendig begraben wird. Sie wird ersticken und wie eine Stoffpuppe den Abhang hinuntergeschleudert werden.
Der Druck auf die Ohren nimmt zu. Der Motorenlärm kommt immer näher und Elin rudert mit ihren Armen, sucht etwas, an dem sie sich festhalten kann, etwas, das sie aus diesem Wintergriff ziehen kann, als der Tod sich ihr entgegenstreckt, und da klammert sie sich an die eiskalte, steife Hand und spürt, wie ihre Kräfte schwinden und die Dunkelheit sich über sie legt, und der Motorenlärm explodiert in ihren Ohren, während sie krampfhaft festhält und darauf wartet, dass die Gewalt der Lawine sie anheben und wegreißen wird. Weg von allem.
Da zuckt es in ihrer Hand. Der Griff bewegt sich. Die Dunkelheit weicht und sie wird jäh aus dem Schnee gezogen.
»Elin, bist du okay?«
Jørn kniet zitternd im Schnee vor ihr. Sie schaut sich verwirrt um. Ein blauer Schneescooter brummt im Leerlauf vor der Höhlenöffnung. Der schwarze Scooter auf der Spitze der Schneewehe ist verschwunden. Das

war keine Lawine. Das waren zwei andere Scooter. Mit Jørn, Trude und der Suchmannschaft. Und Schnuffi. Elin klammert sich an die Wolldecke, die ihr um die Schultern gelegt wurde, während der Landpolizist »Schnuffi« Knutsen in sein Sprechfunkgerät spricht. Diesmal kam er genau zur rechten Zeit.

Drei

Die Hitze vom Kamin breitet sich in der Stube aus. Elin ist, als könnte sie gar nicht genug von dieser Hitze kriegen. Der letzte Eiszapfen will und will nicht schmelzen. Als die Hand sie aus dem Schnee zog, hat sie gar nichts kapiert, nicht begriffen, dass es nicht die gespreizte Eishand war, an die sie sich klammerte, die sie zu sich hinunterziehen wollte.

Als sie dann die Scooter entdeckte, den Polizisten Knutsen und die anderen vom Rettungsdienst, begannen die Tränen nur so zu fließen. Vor Erleichterung. Sie waren gerettet. Sie wurden auf den Schlitten zurückgebracht, gut eingewickelt, um die Wärme zu halten. Knutsen und zwei andere Männer von der Suchmannschaft waren zurückgeblieben, um die Leiche freizugraben. Nach einer ärztlichen Untersuchung und nachdem die Polizistin sie befragt hatte, waren sie in ihre Hütte gefahren worden. Sie hatten sich umgezogen, eingeheizt, was das Zeug hielt, sich satt gegessen und waren in die Koje gekrochen. Und hatten geschlafen.

Später am Nachmittag waren sie so langsam wieder zu sich gekommen. Elin war aus dem Bett gekrochen, in die Stube gegangen, hatte Kamin und Ofen wieder angemacht und sich unter eine Wolldecke aufs Sofa gelegt. Nach einer Weile kamen Jørn und Audun angeschlurft und schließlich schälte sich auch Trude aus dem Etagenbett. Sie kochten sich heißen Kakao und wärmten sich eine Dose Eintopf auf, die sie mitgenommen hatten. Hacke war auch aufgetaucht und hatte sofort eine Charmeoffensive gegen Trude eingeleitet, um sie zu überreden, abends doch mit ins Hotel zu kommen.
»Das Bett lockt mich eigentlich viel mehr«, erklärt jetzt Jørn und rollt sich auf einem Sessel zusammen.
»Das finde ich auch!«, stimmt Elin zu.
Trude wirft Hacke einen Blick zu und schaut auf die Uhr.
»Jemand, der heute Abend mit ins Hotel kommt?«
Elin traut ihren eigenen Ohren nicht.
»Machst du Witze?«
»Nein, warum sollte ich? Schließlich findet doch da die Sause statt, oder?«
Elin schüttelt den Kopf. Die Sause. Als hätte sie heute das Bedürfnis nach noch mehr Sause.
»Ich habe für eine ganze Weile genug. Jetzt will ich mich nur noch unter die Wolldecke verkriechen, Holz nachlegen und mich in ein spannendes Buch vertiefen«, erklärt sie.
»Was, hast du noch Lust auf weitere Leichen?«, fragt Jørn.
Sie sehen einander an, dann fangen sie an zu lachen.

Ein befreiendes, alles lösendes Lachen erfüllt das Zimmer. Elin spürt, wie der letzte Eisrest schmilzt und wegsickert. Es ist so ungemein schön, einfach zu lachen.
»Kommt ihr mit?«, fragt Trude, nachdem die Lachsalve sich gelegt hat.
Jørn wendet sich Audun zu.
»Hast du noch Durst auf das Hausgebräu?«
Typisch Jørn, denkt Elin verärgert. Sein Galgenhumor auf Kosten aller ist eine Sache. Aber Audun anzuschießen ist eine andere. Audun schüttelt sich. Es sieht aus, als winde sein Körper sich kurzzeitig um sich selbst und als wolle sein Kopf sich zwischen die Schulterblätter bohren.
»Nie wieder«, flüstert er. Dann streckt er sich, hebt den Kopf und schaut sich in der Hütte um. Räuspert sich.
»Ich habe es euch nicht erzählt, aber ich weiß, wer sie war … jedenfalls, wo sie gewohnt hat.«
»Wer?«
Elin spürt, wie ein leichtes Zittern sie durchläuft. Da ist was. Irgendwas, das Audun seit gestern mit sich herumgeschleppt hat. Etwas, das ihn verwirrt und verängstigt hat. Etwas, das sich aufdrängt, das er nicht länger aufhalten kann, das durchbricht.
»Ich weiß, wo die Leiche gewohnt hat.«

❄

Es ist Line-Cathrine Sørensen. Sowohl Wikdahl als auch Rønning haben die Leiche identifiziert. Knutsen hat die gerichtliche Obduktion angeordnet und die Lei-

che ist bereits nach Lillehammer gebracht worden. Der übrige Benachrichtigungsapparat ist auch in Gang gesetzt worden.
Es war schwierig, sie auszugraben. Knutsen hatte im Wind geschwitzt, während er den steifen Körper freilegte. Er konnte deutlich einen Knochenbruch erkennen, ansonsten gab es keine sichtbaren äußeren Schäden. Sie fanden nur einen Skihandschuh. Der Schneesturm hatte dafür gesorgt, dass es keinerlei Spuren mehr im Lawinengebiet gab. Alles war zugeweht worden. Aber Knutsen hatte gleich starke Zweifel, dass die Frau mit eigener Kraft an diesen Ort gekommen war. Und wenn es stimmt, dass Audun einen ähnlichen Skihandschuh in Hütte Nummer 16 gesehen hat, wird sein Verdacht nur noch gestärkt. Etwas anderes ist die Frage, wie der Junge überhaupt ins Bild passt. Es gab da offensichtlich so einiges, worüber er nicht reden wollte. Knutsen beschließt dem weiter nachzugehen, wenn sich alles etwas beruhigt hat.
»Was hat sie hier oben am Olevatn und beim Gravholskamp zu suchen, wenn sie doch aufgeschrieben hat, sie wollte zum Hornstøl?« Knutsen sieht Johansen an.
»Vielleicht kann sie einfach keine Karte lesen?«
»Das glaube ich nicht. Einer der beiden Kerle lügt.«
Knutsen sucht in seiner Brusttasche die Kautabakdose und schiebt ein solides Stück unter die Lippe. Das braucht er jetzt einfach.
»Nein, ich weiß nicht, was da nicht stimmt. Aber wenn wirklich ein Schneescooter auf der Spitze der Schneewehe war, kurz bevor wir gekommen sind, dann …«

»Was dann? Auch in der Hütte, in der *Express* wohnt, wurde diese Spezialcola getrunken und es ist nichts Außergewöhnliches, wenn nach einem Rausch Halluzinationen auftreten. Außerdem haben Wikdahl und Rønning beide Schneescooter«, argumentiert Anne-Marit Johansen.
»Stimmt. Aber dass Elin Helgesen halluzinieren soll … das stimmt einfach nicht«, widerspricht Knutsen zweifelnd.
»So ist das mit diesen neuen Drogen. Sie sprengen alle Grenzen und werden in ganz anderen Kreisen konsumiert, als wir es erwarten. Das macht das Ganze ja so hoffnungslos. Und wir wissen sicher, dass wir hier oben im wahrsten Sinn des Wortes von diesem Stoff geradezu überschwemmt werden. Ich bin deiner Meinung, dass irgendwas hier nicht stimmt, aber ich kann nicht sehen, wie wir dabei jetzt weiterkommen sollen. Deshalb schlage ich vor, dass wir Line-Cathrine Sørensen in Frieden ruhen lassen, bis wir den Obduktionsbericht haben. Der wird ja wohl sagen können, ob es einen Grund gibt, die Sache weiter zu verfolgen. Stattdessen sollten wir uns jetzt erst einmal auf das Happening heute Abend konzentrieren.«
Knutsen kaut an dem Monolog von Johansen. Ihm ist klar, dass sie Recht hat. Trotzdem kann er sich nicht von dem Gefühl freimachen, dass ihm etwas aus den Händen gleitet. Aber wahrscheinlich versäumen sie nicht viel, wenn sie warten, bis ihnen der Obduktionsbericht vorliegt.
»In Ordnung«, sagt er kurz, grübelt aber trotzdem wei-

ter. Wenn sich die Gelegenheit bietet, wird er sich im Lauf des Abends noch einmal mit Morten Rønning, Sondre Wikdahl und nicht zuletzt mit Elin Helgesen unterhalten. Aber das braucht er jetzt nicht an die große Glocke zu hängen.

Sie haben den Film aus Sørensens Kamera zurückbekommen. Der Apparat ist offensichtlich im Zusammenhang mit ihrer Arbeit benutzt worden, die Bilder geben ihnen keinen Hinweis auf etwas anderes als fröhliche Ostertouristen in Beitostølen. Er sieht Anne-Marit Johansen an.

»Wo ist denn die Zeitung von heute?«

»Hier. Hast du sie noch nicht gelesen?« Knutsen schüttelt den Kopf.

»Bin noch nicht dazu gekommen.«

Mit und ohne Lichtschutzfaktor

Das Wetter ist nicht alles. Ebenso wichtig ist es, dabei zu sein. Beitostølen bietet ein lebendiges Osterprogramm, das Groß und Klein anlockt – tagsüber und auch noch, wenn die Sonne untergegangen ist. Hier heißt es sehen und gesehen werden!

von Line-Cathrine Sørensen

Du musst kein großer Skifan sein um dich Ostern in Beitostølen nicht zu langweilen. Hier wimmelt es nur so von Angeboten – vom Tandemfallschirmspringen bis zur Po-Rutschrallye. Und »Après-Ski« wetteifern Troubadoure und Shows mit bekannten Künstlern um die Aufmerksamkeit der Gäste.

Aber am wichtigsten ist es trotz allem, dass du dich auf dem Sonnenhügel ausruhen und das Leben genießen kannst.

Man setzt auf die Jugend

Die größte Aufmerksamkeit wird dieses Jahr zweifellos dem neuen Zielpublikum in Beitostølen, der Jugend, zuteil. Den Höhepunkt bildet eine große Tanzfete mit dem beliebten DJ Cooljuice, die Ostersamstag in der Beitohalle stattfinden wird. Die Jugendlichen, mit denen wir gesprochen haben, sehen einem Ostern der Superlative entgegen:

»Das ist super. Echt spitze«, sagte Janne Wikdahl, die mit Freunden in der Hütte ihrer Familie wohnt. »Na logo gehen wir auf das Fest. DJ Cooljuice ist megaspitze. Alle, die ich kenne, kommen auch.«

Drogen?

Der hohe Verbrauch an Rauschmitteln, der mit derartigen Veranstaltungen oft verbunden ist, schreckt die Arrangeure nicht.

»Wir vertrauen unseren Gästen«, sagt Jarle Fjellbu vom Beito Høyfjellshotel. Er ist verantwortlich für die Jugendaktivitäten des Hotels. »Das sind vernünftige, muntere Jugendliche, die zu Ostern ins Gebirge kommen.«

Aber nach dem, was wir erfahren haben, ist es nicht schwierig, an den jeweils gewünschten Stoff zu kommen.

»Wenn du Kohle hast, brauchste nur anzurufen«, erzählt »Gry«, doch als wir genauer nachfragen, weicht sie aus. Aber nach Gesprächen mit weiteren Jugendlichen gibt es keinen Zweifel, dass unter der Oberfläche des Osteridylls noch ganz andere Strömungen brodeln.

Dann werden der Abend und die Nacht uns wohl zeigen, was der Tag so zu bieten hatte.

Knutsen legt die Zeitung weg.
»Na, der Tag hat wohl nicht so ganz das geboten, was du dir gedacht hast, als du das geschrieben hast«, murmelt er. Dann geht er nach nebenan um sich eine Weile auszuruhen.

❄

Es gibt keinen Grund zur Panik. Der Schneider muss zugeben, dass es am seidenen Faden hing, aber nachdem zunächst einfach alles schief gegangen war, ist er doch noch mit einem blauen Auge davongekommen. Niemand kann ihm gegenüber einen Verdacht haben. Der Einzige, der ihn vielleicht noch mit den Dingen in Verbindung bringen kann, ist dieser Audun, der in der Hütte war, bevor er dort aufräumen konnte. Aber es gibt keine Beweise.
Jetzt muss er einfach in die Menge eintauchen. Der Abend muss sich lohnen. Er schaut auf die Uhr. Es ist bald Zeit aufzubrechen.

❄

Jørn sieht Audun an.
»Bist du sicher?«
»Bombensicher. Ich habe doch auch den Laptop gesehen, die Fotoausrüstung und nicht zuletzt den roten Skihandschuh.«
»Hast du das Schnuffi erzählt?«
Audun nickt.

»Aber ich habe nur ganz vage angedeutet, warum ich da war, und Schnuffi hat nicht nachgehakt …«
»Warum warst du denn da?«
»Ich hatte doch versprochen uns Hausgebräu zu verschaffen, oder? Ich habe die Nummer auf dem Flyer angerufen und gesagt, ich wollte die Ware mal testen. Dann haben wir Treffpunkt und Zeit verabredet. Hütte Nummer 16, Viertel nach vier.«
»Na, es ist wohl niemand so blöd, einen derartigen Handel von seiner Hütte aus zu treiben«, sagt Elin.
Jørn ist ihrer Meinung.
»Das habe ich wohl falsch verstanden«, fährt Audun fort. »Es war nicht geplant, dass ich in die Hütte kommen sollte. Und deshalb war der Schneider auch so sauer.«
»Dann weißt du, wer dieser Schneider ist?«
»Keine Ahnung. Er war hinter Overall und Helm mit heruntergelassenem Sichtschutz versteckt.«
Elin zuckt auf dem Sofa zusammen.
»Den Sichtschutz runter. Das hatte der Fahrer auf der Schneewehe auch.«
»Ich weiß. Ich glaube, das war der Schneider«, flüstert Audun.
Es wird still. Jørn sortiert alles, was Audun gesagt hat, noch einmal in seinem Kopf. Was Audun da erzählt, weckt seine Neugier, von der er eigentlich gedacht hatte, sie wäre in Winterschlaf gegangen oder hätte ihr letztes Stündchen bereits erlebt. Aber da hat er sich geirrt.
»Wir haben doch die Telefonnummer!«
»Was willst du damit sagen?«

»Wir fahren zum Hotel und bestellen was. Dann schnüffeln wir ein bisschen herum und finden heraus, wer das ist. Wenn es einen Zusammenhang zwischen dem Hausgebräu und der Leiche gibt, können wir vielleicht Schnuffi helfen. Als Dank dafür, dass er uns gefunden hat.«
Trude ist sofort Feuer und Flamme. Auch Hacke will mitmachen. Aber in diesem Moment piept sein Handy. Er guckt auf sein Display, dann peilt er schnell die Tür an.
»Ich muss abhauen. Aber wir sehen uns nachher, nicht wahr?« Er zwinkert Trude zu. »Ich kann euch eine Nacht garantieren, die ihr nie vergessen werdet«, sagt er im Hinausgehen.
»Danke, die hatten wir bereits«, erwidert Jørn.
Sie müssen alle vier lachen. Dann bleiben sie still sitzen.
»Ich hätte schon Lust«, sagt Trude nach einer Weile.
Jørn ist auch dabei.
»Irgendwie können wir es nicht so dabei lassen«, sagt er.
Audun ist eher zurückhaltend, aber dann gibt er doch nach. Elin hat eigentlich keine Lust, sich noch weiter um das Hausgebräu oder sonst was zu kümmern. Und genau genommen hat sie auch keine Lust, sich DJ Cooljuice anzuhören. Aber allein in der Hütte zu bleiben ist auch keine berauschende Aussicht.

Vier

Es ist Vollmond. Ein blasses, kaltes Licht spiegelt sich im Schnee. Wolken jagen über den Himmel. Der Wind weht immer noch stark genug um Schneewehen aufzutürmen. Aber es herrscht kein Sturm mehr.

Elin winkt den Gesichtern im Fenster der Nachbarhütte zu und bleibt hinter den anderen drei zurück. Sie waren dort gewesen um sich für die Hilfe zu bedanken. Wenn Klausen nicht so aufmerksam gewesen wäre, hätte es lange dauern können, bis sie gefunden worden wären. Sie läuft den anderen nach.

Schon von weitem hören sie die Musik. Monotones Trommeln als scharfer Kontrast zu dem weichen Licht, das aus allen Hüttenfenstern scheint.

»Wollen wir anrufen?«

Das ist Jørn, der fragt. Elin zuckt mit den Schultern. Audun hat das Handy geladen. Er holt es heraus, guckt nochmal auf dem Flyer nach und tippt dann schnell die Nummer ein. Elin spürt die Spannung, als Audun Jørn das Telefon gibt. Automatisch tritt sie näher heran, als wäre das Telefon magnetisch. Sie hört, wie es am anderen Ende klingelt. Dann kommt die Verbindung zustande.

»Ja.«

Jørn sieht die vier mit großen Augen an. »Ist da der Schneider?«

»Am Apparat.«

»Hast du noch was von dem Gebräu?«

»Ja.

»Eh … wie viel kostet es?«

»Drei Blaue pro Flasche. Halber Liter.«

»In Ordnung. Eine Flasche.«

»In einer Stunde vor Zimmer 315!«

Die Verbindung ist unterbrochen.

Jørn guckt auf die Uhr.

»Whow. Das ging aber schnell. Pick up in einer Stunde. Dann muss ich dreihundert Kronen klar haben. Und dabei bin ich blank wie eine Kirchenmaus.«

Sie lachen und schlendern weiter den Hügel hinunter aufs Hotel zu. Elin sieht auf die Uhr. In einer Stunde. Das heißt Viertel vor zwölf. Etwas zwickt in ihrem Kopf. Irgendwas von dem Gespräch zwischen Jørn und diesem Schneider. Aber sie kann beim besten Willen nicht herausfinden, was es ist.

❄

Der Schneider notiert sich Zimmernummer und Zeitpunkt. Der Handel geht sehr viel träger, als er gedacht hat. Er genehmigt sich einen Schluck aus dem Flachmann. Aber schließlich ist das erst der Anfang.

Viele sind ja der Meinung, das Gebräu gehöre einfach dazu. Rockmusik und Flügel.
Er fühlt sich jetzt sicher. Es war natürlich Pech, dass es ihm nicht gelungen ist, die Lawine auszulösen, und es war Pech, dass er nicht ein paar Minuten früher zu diesem Idioten und seiner Tussi gekommen ist, aber jetzt hat er sich damit abgefunden. Er hat sein Gedächtnis nach gefährlichen Verbindungen zu Line-Cathrine durchstöbert, aber ohne Erfolg. Auch wenn er selbst weiß, wer Audun ist, so hat Audun dagegen nicht die geringste Ahnung, wer der Schneider ist. Noch fünf Stunden, dann ist er in Sicherheit – und reich!
Er will gerade Jons Nummer eintippen, als das Ericsson wieder lospiept.

❄

Polizist Knutsen steckt seinen Kopf in das Chaos in der Beitohalle. Er dachte sich schon, dass es schlimm sein würde, aber dass die Musik so laut sein würde, das hatte er doch nicht erwartet. Obwohl – Musik? Das ist ja eher, als stünde man direkt unter dem Rotor eines Hubschraubers, denkt er. Ein monotones Pochen wie hoch getriebener Puls. Und unglaublich heiß. Verschwitzte und erschöpfte Jugendliche drängen sich nach draußen um sich abzukühlen. Es scheint, als würde der Boden die Musik direkt ausstrahlen und die Beine hinauf in den Körper pressen. Das Licht wechselt und blinkt die ganze Zeit. Nicht ein Punkt steht still. Alles ist in Bewegung. Ich kann nicht begreifen, dass jemand zusätzlich

noch Dope braucht zu diesem Gedröhn, denkt Knutsen und bahnt sich von neuem seinen Weg.
Die Beitohalle liegt ein Stockwerk über der Schwimmhalle, in einem viereckigen Anbau. Eigentlich handelt es sich hierbei um eine Tennis- und Squash-Halle, die für diesen Abend zur Festhalle umfunktioniert wurde. Die Jugendlichen strömen durch den Haupteingang an der Seite hinein. Der Drogenspürhund hat seinen Platz im Eingangsbereich. Vorläufig ohne etwas zu finden. Aber eigentlich sollte es schon reichen, dass wir überhaupt hier sind, denkt Knutsen.
Er geht an den Türwachen vorbei, durch die Seitentür hinaus und in den Hotelflur im ersten Stock. Ein langer Gang streckt sich wie eine Aschenbahn mit einem lila Läufer bis zum Fahrstuhl auf der anderen Seite hin. Dort befindet sich die Haupttreppe. Sie haben abgemacht, in bestimmten Abständen die Flure abzugehen. Sichtbar zu sein. Mitten auf dem Flur leuchtet das grüne Notausgangsschild. Sie haben die Tür überprüft, aber das ist ganz offensichtlich ein Treppenhaus, das nur für das Personal gedacht ist. Hier gibt es nur eine enge Treppe, auf der auch noch leere Kisten und Flaschen gestapelt stehen. Hier ist bestimmt schon seit Jahren nicht mehr geputzt worden. Er hat sich dennoch die Kisten angesehen, aber alle Flaschen sind leer und riechen auch nur wie leere Brauseflaschen. Er hat nicht eine einzige verdächtige Halbliter-Flasche finden können.
Knutsen geht den langen, gemauerten Flur entlang und dann die Haupttreppe zum Erdgeschoss hinunter. An der Rezeption steht Anne-Marit und unterhält sich mit

Jarle Fjellbu. Knutsen wartet, bis die beiden fertig sind, dann geht er zu seiner Kollegin. Sie sieht ihn fragend an.
»Nix da«, sagt er. »Es ist ganz schreckliche Musik, aber es sieht so aus, als würden die Leute sich prächtig amüsieren, und bis jetzt gibt es keinen Grund zu der Annahme, dass Drogen im Umlauf sein könnten.«

❄

Lange bevor sie etwas sehen können, hören sie schon Schreie und Rufe von dem Weg, der den Palasthügel hinunterführt.
»Bahn frei!«
Die Sondreleute kommen auf einer großen Plane den Fußweg heruntergerutscht. Arme und Beine rudern um zu lenken, aber trotzdem stoßen sie bei dem Absatz am Ende des Hügels mit der Schneewand zusammen, sodass die ganze Gesellschaft in der Schneewehe landet.
»Na, die haben jedenfalls noch nicht genug«, sagt Jørn.
»Hier wird gefeiert, bis die Schwarte kracht«, grölt Sondre Wikdahl. »Wollt ihr auch auf die Party?«
»Wir wollen mal gucken.«
»Mal gucken? Nun hört aber auf. Das hier ist der geilste Hüttenzauber dieses Osterfestes. Mit ein bisschen Energienachschub schafft ihr die Nacht wie ein Kinderspiel. Ich kann was zu trinken besorgen.«
Sondre sieht Audun an, der mit dem Kopf schüttelt.
»Wir haben unsere Bestellung schon laufen«, sagt Jørn.

❄

»Wir werden ein paar Stichproben machen. Mehr können wir nicht tun. Außer hier präsent zu sein«, sagt Anne-Marit Johansen. »Der Hund wird erst mal draußen postiert bleiben. Später können wir ihn auch drinnen suchen lassen. Die Nacht ist ja noch jung.«
Knutsen nickt und erinnert sich an den letzten Satz in Line-Cathrine Sørensens Artikel, dieser Frau, die jetzt auf dem Obduktionstisch im Krankenhaus von Lillehammer liegt: *Dann werden der Abend und die Nacht uns wohl zeigen, was der Tag so zu bieten hatte.*
Knutsen trommelt mit den Fingern auf der Kautabakdose in seiner Brusttasche, aber er widersteht der Versuchung und versucht stattdessen einen Rhythmus in dem Hämmern zu finden, das sich durch die Betonwände des Hotels fortpflanzt.
»Ich bin froh, dass ich hier heute Nacht kein Zimmer habe«, erklärt er.
»Tja, vielleicht ist es ja gerade hier, wo die großen Dinge geschehen«, erwidert Johansen.
Da geht die Tür auf und eine grölende Horde dringt herein. Er wirft seiner Kollegin einen Blick zu, sie nickt. Dann geht er auf die johlenden Jugendlichen zu und stellt sich ihnen in den Weg.
»'n Abend. Wir würden gern mal eine Stichprobe machen.«
»Der schon wieder! Der nervt aber auch überall.«
Ein Gesicht schält sich zwischen den anderen heraus. Knutsen erkennt Sondre Wikdahl sofort wieder. Auch

einige der anderen Gesichter kommen ihm bekannt vor. Viele von ihnen haben gestern Abend wie geschlachtet oben vorm Palast gelegen.
»Das ist nun mal mein Job«, wehrt er ab. »Wir würden euch gern überprüfen, bevor ihr reingeht«, sagt er. »Und außerdem ist der Haupteingang auf der anderen Seite. Ihr müsst hier erst mal wieder raus.«
Wikdahl hebt die Arme in die Luft und dreht eine Pirouette, wobei er seine Stimme um ein paar Oktaven hochschraubt.
»Ach bitte, lieber Onkel Polizist. Wir können doch sicher auch hier rein, oder?«
Die Lachsalven dröhnen durch den Raum. Knutsen weiß aus Erfahrung, dass eine Antwort alles nur noch schlimmer machen würde. Er verkneift sich seinen säuerlichen Kommentar und schreibt sich hinter die Ohren, dass er mit Sondre Wikdahl noch ein Hühnchen zu rupfen hat.
»Nun kommt schon. Einer nach dem anderen.«
Knutsen schickt die Mädchen zu Anne-Marit und tastet die Jungs selbst ab. Ohne auch nur einen Tropfen aus einer Halbliter-Flasche zu finden. Das ist der absolute Reinfall.
Aber es überrascht ihn, dass er *Express* bei dieser Horde entdeckt. Andererseits sollte ihn das eigentlich nicht wundern. Er hat schließlich auch in ihrer Hütte Reste von dem Getränk gefunden. Elin Helgesen und Jørn Haugen sind wohl doch nicht die Musterkinder, als die sie sich so gern ausgeben. Knutsen muss sich eingestehen, dass der Ärger über die vier unvernünftigen Jugendlichen in ihm hochschießt. Er würde seine Tabaks-

dose dafür hergeben, wenn er ihnen mal einen kleinen Dämpfer verpassen könnte.
Der Letzte in der Truppe ist dieser Audun, der ganz offensichtlich nicht erzählen wollte, warum er in Hütte Nummer 16 war, nur zugab, dass er mit jemandem telefonisch verabredet hatte, ihn dort zu treffen. Er behauptete sogar, er wisse gar nicht, wen er dort treffen sollte. Knutsen spürt, wie sein Herz einen Satz macht, als seine Finger etwas in Auduns Anoraktasche finden.
»Was ist denn das hier?« Audun zieht ein Handy heraus. »Ein Telefon. Ist das verboten?«
»Keineswegs, aber ich zweifle, dass du das hören wirst, wenn du da drin bist«, sagt er und deutet zur Beitohalle hin. Audun zuckt mit den Schultern.
»Ich stecke es wieder in die Jacke. So lange hier die Polizei wacht, wird es doch bestimmt nicht gestohlen, oder?«, erklärt Audun und klopft sich auf die Anoraktasche. Dann trottet er den anderen hinterher, die schon zur Garderobe gegangen sind.

Sie hängen ihre Jacken zwischen eine beeindruckende Auswahl von hippen Sportklamotten. Und Off-fashion. Dem schärfsten von allem.
Elin fühlt sich etwas beruhigter, seit sie Knutsen entdeckt hat. Sie hat das Gefühl, als wäre damit das Zusammentreffen mit dem Schneider etwas leichter zu ertragen. Für einen kurzen Moment war sie sogar versucht ihm zu erzählen, was geplant ist, aber dann entschied sie sich anders. Trotzdem – es ist gut zu wissen, dass ihr Landpolizist Schnuffi im Haus ist.

Die Musik wird immer lauter. Es ist eigentlich genau solche Konservenmusik, wie sie sie nicht ausstehen kann. Wenn es swingen soll, dann muss die Musik lebendig sein, findet Elin. Und darf einem nicht in einem Chaos aus Geräusch, Rhythmus und Licht gegen den Kopf gehämmert werden. Musik, das soll der Puls sein, der Herzschlag der Seele.
Sie bleiben in der Tür stehen und Elin zögert hineinzugehen. Sie wünschte sich, die folgende Stunde wäre bereits vorbei, sodass sie verschwitzt und müde wieder hinausschlüpfen könnte. Lustlos beobachtet sie die rot gefleckten Gesichter, die an ihr vorbeihuschen, um sich kurz abzukühlen und sich danach von neuem in das Chaos zu stürzen.
Elin schaut auf ihre Uhr. Es ist fünf nach elf. Sie haben verabredet, sich in einer halben Stunde in der Garderobe zu treffen. Das ist noch wie eine Ewigkeit bis dahin, denkt sie.

Fünf

Der Kopf füllt sich mit luftigen Loops und monotoner Maschinenmusik. Jørn kann mit der Musik nichts anfangen und hat schnell genug von dieser Lärmtapete. Er will ja nicht leugnen, dass der Rhythmus verführerisch ist und sich im Körper ausbreitet. Die Beine wollen dabei sein. Für eine Weile. Aber es gibt einfach keine Entwicklung, keine Dynamik. Zusammen mit dem flackernden Licht und dieser wahnsinnigen Lautstärke beginnt einem bald der Kopf zu pochen. Er schickt Signale aus, dass er keinen Speicherplatz mehr zur Verfügung hat. Die Festplatte ist voll. Wenn da noch was drauf soll, muss etwas anderes gelöscht werden. Und das will Jørn absolut nicht.

Es ist etwas ganz anderes, wenn er selbst spielt. Bevor sie runtergegangen sind, hatten sie oben noch ein bisschen geklimpert. Da hat es wirklich geswingt. Es hatte damit angefangen, dass er die Gitarre genommen hatte, um den Riff zu finden, der sich im Lauf der Nacht in seinem Kopf festgesetzt hatte. Vielleicht war es ja übertrieben, von einem Riff zu sprechen. Wohl eher von einer Akkordfolge.

Er hatte die Takamin genommen und angefangen nach dem richtigen Dur zu suchen. War schließlich beim E-Dur gelandet und hatte dann nach Klangvariationen in den Akkorden gesucht. Er hatte mit vielen offenen Saiten gespielt, das ganze Griffbrett war seine Arena. Als die Klangfolgen und Akkorde stimmten, hatte er angefangen zu summen und nach einer Melodie zu suchen. Und die war plötzlich einfach da. Deutlich, stark und immer stärker anwachsend. Sofort war da eine Dynamik in den Tönen. Er hatte mehrere Runden gedreht und gar nicht gemerkt, dass das Gemurmel in der Hütte verstummt war. Jørn verschwand ganz und gar in der Musik. Er begrub sich in den Tönen. Er war wirklich lebendig begraben.

Trude hatte den Beat mit dem Hi-hat aufgefangen. Hatte sich auf den Zweier und Vierer gestürzt. Das klappte sofort. Gab ein bisschen ein Jazzfeeling. Elin hatte ihr Buch weggelegt und die Decke von sich geworfen. Sich vorsichtig herantastend hatte sie eine Akkordreihe gefunden und begann dann Töne vom Synth draufzulegen. Sie spielte mit alternativen Reihen. Suchte nach Variationen zum Thema. Improvisierte. Jørn spürte, wie die Melodie etwas versprach. Audun hatte seinen Bass ausgepackt, eingestöpselt und ein Bassmuster um die E-Saite herum aufgebaut. Er kletterte mit harmonisierenden Tönen genießerisch auf und ab.

Die Spannung ließ nach. Es war, als wären sie wieder angekommen. Die Nacht in der Schneehöhle und die

Leiche im Schnee, das war etwas, das war halt geschehen. Etwas, mit dem sie jetzt fertig waren. Präteritum. Jetzt mussten sie mit ihrer Band weiterkommen. Und als Jørn die guten Schwingungen im Zimmer spürte, die Konzentration und die Spielfreude in den Gesichtern um sich herum sah, da wusste er, dass *Express* seine letzten Töne noch nicht gespielt hatte.

Jemand stößt ihm in den Rücken. Das ist Elin. Sie zeigt auf die Uhr und scheint froh zu sein, dass sie die Halle verlassen müssen. Er ist ihrer Meinung. Es reicht. Das hier ist nichts für ihn. Vielleicht sollte er vorschlagen, dass sie wieder hoch in die Hütte gehen und weiterspielen? Hacke kann ja mitkommen. Er ist über seine eigenen Gedanken überrascht, aber er fühlt sich von Hacke nicht länger bedroht.

»Wo sind die anderen?«

Jørn schaut sich um. Er kann weder Trude noch Hacke oder Audun entdecken. Aber die sind höchstwahrscheinlich irgendwo in diesem tanzenden Hexenkessel.

»Wir warten an der Tür«, ruft er und zieht Elin mit sich zum Ausgang.

Audun wartet dort schon auf sie. »Trude?«

»Keine Ahnung. Ist bestimmt mit Hacke zusammen.«

»Na, dann geht es denen wohl gut. Wir müssen los«, sagt Audun und klopft mit dem Zeigefinger auf seine Uhr.

Sie gehen in den Flur hinaus. Es ist herrlich, den aufgeputschten Lärm hinter sich zu lassen. Die Wellen im Kopf rollen aus. Sie schwappen nicht mehr über. Gleichzeitig steigt der innere Puls. Worauf haben sie sich hier eigentlich eingelassen?

»Wie machen wir es jetzt?«, fragt Jørn.
Damit sind sie auf dem Boden der Tatsachen. Machen – was? Was genau haben sie hier vor? Wollen sie sich mit dem Dealer treffen, der diesen Hausgebräumist verkauft? Vielleicht sollten sie das Ganze lieber schnell vergessen?
»Haben wir eigentlich Geld?«, fragt er vorsichtig.
»Geld? Wir wollen doch wohl nichts kaufen, oder?«, entgegnet Audun nur kurz und winkt Jørn zu, ihm zu folgen.

❄

Knutsen schnuppert an der Brauseflasche, die Anne-Marit Johansen ihm hinhält.
»Die stand im Kellergang. Da besteht kein Zweifel«, sagt sie.
Er stimmt ihr zu. In dieser Flasche war die Spezialmischung.
»Das bedeutet wohl, dass es auch im Saal im Umlauf ist, oder? Und dass der Handel irgendwo hier im Hotel abgewickelt wird.«
Er nimmt die blauen Augen seiner Kollegin auf.
»Genau. Ich gehe schnell und alarmiere die Erste-Hilfe-Station. Es ist nur eine Frage der Zeit, wann wir den ersten Kollaps hier haben«, sagt Anne-Marit.
Knutsen bleibt stehen und betrachtet durchs Fenster die Jugendlichen draußen. Da gibt es viele verschwommene Blicke und torkelnde Gestalten. Er fühlt sich nicht vertraut damit, weder mit der Musik noch mit den Drogen.

Ich würde die Ziehharmonika und einen kurzen Klaren vorziehen, denkt er.
Er bemerkt, dass Elin Helgesen und zwei der Jungs von der Band in die Rezeption gekommen sind. Sie unterhalten sich eine Weile in der Sofagruppe, bevor sie auf die Uhr schauen und dann schnell den Flur entlang verschwinden. Helgesen biegt in die Toilette ab, während die beiden Jungs zum Fahrstuhl gehen.
Mit einem Mal ist er hellwach. Ihm fällt Morten Rønning ein, der nicht ans Telefon gehen wollte. Und das Handy von Audun. Handys speichern angerufene Nummern. Knutsen stellt energisch seine Kaffeetasse auf den Tisch und eilt zur Garderobe. Er muss über sich selbst den Kopf schütteln, als er die Unmenge von Winterkleidung sieht. Aber da hilft nichts, er muss einfach anfangen zu suchen.

❄

Trude schwebt auf den Rhythmen. Sie spürt den Rausch in all den tanzenden Körpern, den Puls der Musik. Da zupft sie jemand am Arm. Sie dreht sich um. Hacke winkt sie zu sich. Was will er?
»Was ist?«
»Ich will dir was zeigen. Oben in meinem Zimmer.«
»Was denn?«
»Das sage ich nicht. Komm mit«, sagt er und winkt mit dem flachen, gelochten Plastikschlüssel für das Hotelzimmer.
Trude spürt ein Prickeln. Soll sie mit Hacke in sein Zim-

mer gehen? Aber sie hat nicht den geringsten Zweifel, dass sie abhauen kann, falls das notwendig sein wird.
»Okay.«

❄

Der Schneider kontrolliert die Digitalziffern auf seiner Armbanduhr. Noch zwei Minuten. Zeit sich aufzumachen. Er geht aus dem Ruheraum, öffnet die Tasche mit dem Helm und setzt ihn auf. Dann schlängelt er sich zwischen dem Leergut hindurch, zieht einen verkaufsbereiten halben Liter hervor und geht die Treppen hoch. Die Zimmer und der Notausgang sind einfach genial. Das Lager ist gut getarnt unter der Treppe im Keller. So hat er die Möglichkeit, überall zu dealen und ist trotzdem sicher. Und zu zweit kann einer immer den anderen decken. Er ruft Jon an.
»Schneider hier. Ist die Luft rein?«
»Die Luft ist rein. Noch eine Minute.«
Er unterbricht die Verbindung, holt einen Post-it-Zettel heraus und schreibt die Nachricht darauf.
Im dritten Stock bleibt er stehen und starrt auf die Tür.
Niemand zu sehen. Schnell reißt er den Zettel vom Block und klebt ihn an den Türrahmen zu Nummer 315. Dann zieht er sich zurück und schließt die Tür vorsichtig hinter sich, während er hört, dass jemand am anderen Ende des Flurs aus dem Fahrstuhl steigt.

❄

Elin schaut den langen Flur entlang. Schnuffi ist nicht mehr da. Sie geht schnell zum Fahrstuhl und flucht, als sie feststellt, dass der auf dem Weg nach oben ist. Die hätten ja wohl warten können! Sie ist auf dem Weg zur Haupttreppe, als sie zufällig den langen Flur entlangguckt. Ihr Blick bleibt an dem grünen Notausgangsschild über der Feuerschutztür in der Mitte des Flurs hängen. Elin schaut auf die Uhr und läuft den langen Flur entlang. Das Donnern der Musik ist jetzt nur noch wie ein entferntes Pochen zu vernehmen.
Es prickelt ihr auf der Haut, als sie die Tür öffnet und in das enge Treppenhaus schlüpft. Nicht besonders moderne Ausstattung hier. Die Farbe an den Wänden blättert ab und ein abgestandener, muffiger Geruch hängt in der Luft. Plötzlich schnürt sich ihr der Hals zu. Worauf lassen sie sich hier eigentlich ein? Jørn und Audun wollen doch gar keine neue Flasche kaufen. Und wenn sie Recht haben, wenn es einen Zusammenhang zwischen diesem Hausgebräu und der Leiche gibt, warum können sie dann nicht einfach alles Schnuffi erzählen?
Sie bleibt stehen und lehnt sich gegen die Wand. Am liebsten würde sie die Kistenstapel mit Leergut umstoßen. Warum lassen sie das Ganze nicht einfach? Freuen sich, dass sie nicht mehr eingeschneit in einer Schneehöhle in einem lawinengefährdeten Gelände sitzen mit einem tobenden Schneesturm draußen. Und einer Leiche.
Aber diese tote Frau war mit der Zeit unwirklich geworden. Wie hätten sie sonst singen, lachen, weinen und

denken können, wenn sie sich die ganze Zeit bewusst gemacht hätten, dass draußen im Schnee eine Leiche lag? Klar, sie konnten sich sagen, dass die Leiche nicht fror, aber trotzdem erschien es so kalt, herzlos. Elin sieht ja ein, dass sie nichts hätten tun können, es wäre nichts dadurch besser geworden, wenn sie zusammengebrochen wären oder die Leiche zu sich in die Höhle gezogen hätten. Aber sie hatten überlebt. Jetzt kommt alles wieder in Gang.
Elin Helgesen lehnt sich an die Wand, rutscht auf die Treppenstufen hinunter und legt den Kopf auf die Hände. Wieder spürt sie, wie die Tränen in ihr aufsteigen. Sie fühlt, dass sie keine großen Kraftreserven mehr hat. Es ist nicht sehr weit bis zum Boden.
Da hört sie jemanden auf der Treppe über sich.

❄

Jørn geht den mit Teppich ausgelegten Flur bis zum Zimmer Nummer 315 entlang. Der Flur ist leer.
»Alles klar«, flüstert er Audun zu.
Sie gehen an den Zimmern mit steigenden Nummern entlang. Jørn spürt, wie sein Puls sich beschleunigt.
»Hier ist es«, sagt Audun und zeigt auf die Tür zu Zimmer Nummer 315. Da ist es. Das Zimmer.
»Aber das ist ja Hackes Zimmer. Kann er der Schneider sein?«, flüstert Jørn.
»Keine Ahnung. Schließlich war er stinksauer, weil ich in der Hütte war. Das müssen wir herausfinden«, flüstert er und hebt die Hand um anzuklopfen.

»Guck mal!«
Ein gelber Post-it-Zettel klebt am Türrahmen.
»Ist der für uns?«
»Keine Ahnung«, sagt Audun und zupft ihn ab.
»Was steht drauf?« fragt Jørn, beugt sich aber gleichzeitig vor und liest selbst.

Zimmer 415. In zwei Minnuten

Die beiden sehen sich an.
»Er geht auf Nummer sicher, auch wenn er beim Rechtschreibunterricht geschwänzt hat. Also der nächste Schritt?«
»Scheiße, ja«, nickt Audun, stopft sich den Zettel in die Tasche und läuft zum Fahrstuhl.
»Warte«, ruft Jørn und zeigt auf das grüne Notausgangsschild genau gegenüber Zimmer Nummer 315. Dann kommen sie ja auch direkt bei Nummer 415 wieder raus.
»Wir nehmen die Hintertreppe!«

❄

Knutsen findet die Jacke mit dem Handy in der dritten Reihe, die er durchsucht.
»Streng genommen ist das wohl nicht so ganz legal«, murmelt er, während er das Handy aus der Anoraktasche herauszieht. Wenn es ausgeschaltet ist, war das

eine Niete. Er hat keine Chance den Pin-Code zu knacken. Ein Billigmodell. Nokia 1610. Und es ist an!
»Bingo«, sagt er und aktiviert das fluoreszierende Licht des Displays. Schnell tippt er sich ins Menü, geht in die Memoryfunktion und sucht die angerufenen Nummern. Vier Nummern sind registriert. Drei davon mit einer 613-Nummer. Ortsnetz. Die vierte ist eine Handynummer. Knutsen überlegt kurz, dann ruft er die Handynummer an.

❄

Der Schneider steht am oberen Treppenabsatz, als sein Handy piept. Er flucht über sich selbst, dass er vergessen hat, den Ton auszuschalten. Andererseits ist es auch nicht schlecht, noch schnell eine Bestellung aufzunehmen. Das schafft er noch vor der Lieferung.
»Ja.«
Es ist still am anderen Ende. Nur Atmen und ein fernes Hämmern, das er nicht gleich einordnen kann. Niemand, der nach dem Schneider fragt? Jemand hat sich verwählt. Für so etwas hat er jetzt keine Zeit. Dann eine Stimme. Eine bekannte Stimme. Aber woher kennt er sie?
»Hallo?«
Er flucht. Er hat jetzt keine Zeit dafür. Er verwünscht alle Lahmärsche.
»Hier ist der Schneider«, faucht er ins Handy. »Nun mach schon.«
Eine Sekunde lang ist es still. »Hier spricht Knutsen.«

Dann wird ihm alles klar. Knutsen. Der Polizist. Dieser verdammte Bulle! Und das Hämmern kommt aus der Halle. Er ist hier im Haus. Scheiße.
Der Schneider unterbricht die Verbindung. »Verdammter Mist«, zischt er und schlägt mit der Faust gegen die Wand. Denk nach, denke, denke, denk nach! Jetzt nur keine Panik, befiehlt er sich selbst. Schnell ruft er Jon übers Walkie-Talkie.
»Alles abbrechen! Dieser Scheißbulle ist uns auf der Spur. Wir hauen ab. Das ist eine Falle!«

❄

Elin versucht die Worte zu verstehen, die das Treppenhaus hinunterpurzeln. Da hört sie, wie sich eine Tür öffnet und Schritte schnell zur Treppe laufen. Sie beugt sich vor und kann gerade noch Jørn und Audun entdecken. Da werden ihr die letzten Worte, die sie hören konnte, richtig klar: Eine Falle. Eine Falle!
Ihr Herz schlägt sofort wie rasend. Ihr Körper reagiert nicht mehr. Elin ist wie versteinert. Sie muss unbedingt Jørn und Audun warnen, die die Treppe weiter hoch hasten. Das ist eine Falle!
Aber ihre Stimme gehorcht ihr nicht.

❄

Jørn läuft hinter Audun die Treppe hinauf. Er ist unsicher geworden. Was wollen sie machen, wenn der Kerl auftaucht? Sie können nichts kaufen, haben kein Geld.

»Audun, warte«, flüstert er.
Aber Audun ist bereits im vierten Stock und hat die Hand auf der Klinke zum Hotelflur liegen, als ein Mann in dunkler Kleidung mit einem schlecht aufgesetzten Motorscooterhelm mit herabgelassenem Sichtschutz ihm entgegenrast. Jørn kann nicht mehr schreien, kann gar nichts. Der Helmmann stößt Audun so heftig von sich, dass dieser mit dem Kopf zuerst gegen die Wand schlägt.
»Was zum …«, will Jørn sagen, spricht aber nicht weiter, als der Helmmann die Treppen heruntergelaufen kommt. Jørn hört den Schrei hinter dem Sichtschutz und wirbelt herum, um abzuhauen, als ihn der Fuß im Rücken trifft. Er schießt geradewegs in die Luft. Dann fällt er.

❄

Der Schneider? Knutsen flucht. Er weiß, dass das ein Treffer war. Die Nummer führt direkt zur Quelle! Und er kann sogar körperlich spüren, dass er nicht weit weg ist. Natürlich ist der Kerl nicht weit weg. Schließlich wird ja alles hier im Hotel abgewickelt. Er ist hier. Irgendwo. Aber wo?
Knutsen weiß, er muss jetzt unbedingt schnell handeln. Dieser Schneider hat ihn an Stimme und Namen erkannt. Mit wem hat er in letzter Zeit gesprochen, der … dann fällt es ihm ein: Natürlich: Das muss entweder Sondre Wikdahl oder Morten Rønning sein. Aber wer von den beiden?
Knutsen nimmt sein eigenes Tragbares und ruft Johansen an.

❄

Elin bleibt stehen, als der Lärm zu ihr hinunterdringt. Was ist da los?
Sie holt tief Luft und geht entschlossen ein halbes Stockwerk hoch. Und bleibt wieder stehen, als die Tür aus dem zweiten Stock aufgetreten wird und ein Mann sich auf die Treppe stürzt und hochläuft. Sie hat den Kerl schon mal gesehen, weiß aber nicht mehr, wo. Ohne weiter nachzudenken, läuft sie wieder nach unten, presst den Rücken gegen die Wand und bleibt mucksmäuschenstill stehen.

❄

Sein Kopf dröhnt. Jørn fasst sich an die Stirn und kann fast fühlen, wie die Beule anschwillt, sich herauszwängen will.
Da entdeckt er einen Kerl, der keuchend die Treppen heraufkommt. Auf ihn zu. Ohne nachzudenken, ohne zu ahnen, warum er das macht, ist Jørn auf den Beinen und läuft. Die Treppen hoch in den dritten Stock, den Hotelflur lang und weg. Die Gedanken rasen durch seinen Kopf. Warum laufe ich? Wohin will ich laufen? Aber er findet keine Antwort. Läuft einfach weiter. Der Mann hetzt ihm hinterher. Und kommt näher. Da öffnet sich plötzlich eine Zimmertür direkt hinter der Feuerschutztür. Ohne nachzudenken stürzt Jørn hinein. Eine ältere Dame schnappt erschrocken nach Luft.
»Keine Angst«, keucht Jørn und drückt sich hinter ihr

ins Zimmer. Wenn er Glück hat, merkt sein Verfolger nicht, wo er abgeblieben ist. Die alte Dame verdreht die Augen. Wenn sie jetzt losschreit, ist er verraten. Er legt sich den Zeigefinger auf den Mund.
Die Frau nickt panisch, während Jørn Keuchen und laufende Schritte vor der Tür hört. Er will wohl zur Treppe am Ende des Flurs, denkt Jørn und schaut vorsichtig hinaus. Sieht noch den Rücken des Mannes, der zum Haupttreppenhaus läuft. Jørn rennt aus dem Zimmer, zurück zur Feuerschutztür und ins Personaltreppenhaus, als er hört, wie die alte Frau um Hilfe schreit.

❄

Elin weiß nicht, was sie machen soll. Sie weiß nur, dass mit Jørn und Audun etwas passiert ist. Irgendetwas ist verdammt schief gelaufen. Ich muss etwas machen, denkt sie. Aber was? Ihre Gedanken rennen gegen die Wand. Ihre Beine sind wie gelähmt. Dann weiß sie es. Sie muss Schnuffi zu fassen kriegen!
Elin reißt sich los und läuft die Treppen wieder hinunter. Schließlich stand er noch vor ein paar Minuten unten in der Rezeption. Sie drückt die Tür zum Flur auf und läuft zur Rezeption. Schnuffi ist weg.

❄

»Was machen wir jetzt?«
Knutsen sieht Anne-Marit Johansen verwirrt an. Er braucht eine Antwort. Er muss wissen, dass er auch

zu etwas nutze ist, auch wenn er nicht die Praxis der Kripo und all das hat. Auch wenn er seinen Dienst nur hier draußen auf dem Land versieht, Verkehrspolizist gewesen und allzu oft zu spät gekommen ist. Er muss zeigen, dass er ein Mann der Tat ist. Da entdeckt er Elin Helgesen, die suchend zum Empfang läuft.

❄

Jørn hört mehrere Stockwerke unter sich Fluchen und Schimpfen, während sich gleichzeitig eine Lawine von leeren Flaschen durch das Treppenhaus ergießt. Es hat wohl nicht lange gedauert, bis sein Verfolger begriffen hat, dass er angeschmiert wurde.
Ich muss hier rauskommen. Verschwinden. Nach unten. Nach unten, denkt er und rennt die Treppe hinunter. Wo sind nur Audun und dieser Helmmann geblieben? Und wer verfolgt mich? Wo habe ich diesen Kerl schon mal gesehen? Dann fällt es ihm ein. Sein Verfolger war an einem der Abende zuvor beim Fest oben im Palast. Jørn rennt, rutscht und springt die Treppen hinunter. Immer rundherum und hinunter. Absatz für Absatz. Wo ist nur Audun abgeblieben?

❄

Der Schneider zieht den Jungen aus dem Treppenhaus heraus. In beide Richtungen ist die Luft rein. Die Alten vergnügen sich im Kaminzimmer und haben genug damit zu tun, ihr Glas gerade zu halten. Er zerrt den schlaffen Körper schnell über den Flur und drückt die Notausgangstür auf. Er muss ihn verschwinden lassen. Wieder steigt die Panik in ihm auf. Dieser Idiot ist der Einzige, der ihn mit Line-Cathrine in Verbindung bringen kann. Er bleibt stehen und sieht den Jungen an. Sein Kopf hängt kraftlos zur Seite. Ein Riss in der Stirn blutet.

»O Scheiße«, ruft der Schneider und zieht den Jungen raus, zum Scooter hin. Er reißt die Plane herunter. Die schwarze Katze grinst ihn an. Der Schlitten ist angekoppelt.

❄

Knutsen schüttelt Elin Helgesen.

»Langsam«, sagt er. »Noch einmal und diesmal langsam.«

Sie nickt voll panischer Angst, schluckt und fängt noch einmal von vorn an.

»Audun hat diese Nummer angerufen und wollte jemanden in 315 treffen, um Viertel vor zwölf.«

»Zimmer 315?«

Helgesen nickt.

»Überprüf das mal«, sagt er über die Schulter. Seine Kollegin geht zum Empfangstresen.

Knutsen hört sich Elins unzusammenhängende Geschichte an. Ihm wird klar, dass die Jungs in Schwierigkeiten stecken. Er weiß nicht, was passiert ist, aber er hat einen faden Geschmack im Mund. Und ihm kommt die Ahnung, dass ein gewisser Telefonanruf von einem heimlich geliehenen Mobiltelefon viel damit zu tun hat.

»Hast du sie gesehen?«, fragt er.

»Den einen«, antwortet Elin Helgesen und nickt. In dem Moment kommt Johansen zurück.

»In Zimmer 315 wohnt eine Familie. Andersen. Mit einem Jungen mit Namen Harald. War das nicht der, der …«

Elin Helgesen zupft Johansen am Ärmel. »Haben Sie Hacke gesagt?«

»Ich habe Harald Andersen gesagt, aber …«

»Das ist Hacke! Trude ist jetzt mit ihm zusammen, aber das heißt ja nicht, dass …«

»Nun warte mal. Ich kapiere langsam gar nichts mehr. Ich glaube, als Erstes werden wir uns einmal Zimmer Nummer 315 ansehen«, sagt Knutsen und sieht Anne-Marit dabei an.

Sie nickt. Er drückt Elin Helgesen in einen Sessel.

»Und du bleibst hier, bis wir zurückkommen. Hörst du? Du rührst dich nicht von der Stelle!«

Er will gerade seiner Kollegin nachlaufen, die bereits auf dem Weg zum Fahrstuhl ist, als sich die Tür zum Treppenaufgang öffnet und ein Mann mit keuchendem Atem hereinkommt. Er bleibt ratlos zwischen Knutsen und Anne-Marit Johansen stehen.

»Das ist er«, ruft Elin Helgesen und springt aus dem Sessel hoch. »Er arbeitet bei dem Skiverleih.«

Der Mann schaut sich Hilfe suchend um, versucht dann etwas zur Ruhe zu kommen. Ohne Erfolg. Als Knutsen die Arme hebt und auf ihn zugeht, dreht er sich hastig

um und läuft in die andere Richtung. Direkt auf Anne-Marit Johansen zu.
»Pass auf«, ruft Knutsen hilflos.
Aber das ist gar nicht nötig. Ohne die genaue Reihenfolge mitzubekommen sieht Knutsen, wie der Mann aufgehalten wird, herumwirbelt und plötzlich auf dem Boden liegt, mit Anne-Marits Knie im Rücken, während sie ihm den Arm verdreht und ihn somit daran hindert, sich zu bewegen. Gleichzeitig läuft ein Erste-Hilfe-Team den Flur zur Beitohalle entlang.

❄

Jørn öffnet die Tür und schaut verwirrt in beide Richtungen. Wo ist denn der Empfang? Dann begreift er, dass er im Keller gelandet ist. Läuft er die Treppe wieder hoch, wird er seinem Verfolger direkt in die Arme rennen. Aber der Fahrstuhl geht bestimmt ganz bis nach unten. Er kann ihn bis zum Erdgeschoss nehmen und dort Elin finden und Schnuffi warnen, sodass sie zusammen herausfinden können, was mit Audun passiert ist.
Da hört er einen Motor, der direkt vor dem Notausgang gestartet wird. Er läuft zur Tür und drückt sie auf, im gleichen Moment, in dem der Helmmann sich auf einen Schneescooter schwingt und mit einem Schlitten im Schlepptau davonbraust.
»Audun!«, ruft Jørn, als er sieht, dass ein Arm über die Schlittenkante hängt. Aber seine Stimme geht in dem Motorengeheul unter, das zu einem Brüllen anwächst.

Die Kette dreht sich im Schnee und der Scooter fährt davon, in die Dunkelheit hinein. Der scharfe Abgasgeruch sticht ihm in die Nase. Der Scheinwerfer wird eingeschaltet. Jørn läuft hinterher, aber der Abstand wird immer größer. Er schlägt die Fäuste gegeneinander und ringt nach Atem: Eine Blutspur führt von der Tür zu dem Platz, auf dem der Scooter stand. Jørn dreht sich hastig um und läuft zur Treppe.

❄

Knutsen ist beeindruckt. In jeder Hinsicht. Es ist, als hätte Johansen ihn für einen Augenblick ausgezählt. Dass er gar keine Ahnung hat, was er noch machen soll. Das Erste-Hilfe-Team kommt mit einer Trage den langen Flur entlanggelaufen. Er geht ihnen entgegen und erkennt Sondre Wikdahl, mit einer Sauerstoffmaske auf dem Gesicht.

»Was ist passiert?«

»Kollaps!«

Knutsen wird entschlossen zur Seite geschoben.

Da stolpert Jørn Haugen vom Treppeneingang herein.

»Jørn«, ruft Elin Helgesen und läuft auf ihn zu. »Was ist passiert?«

Jørn ringt nach Atem und zeigt zum Fenster.

»Der Helmmann ist mit dem Schneescooter abgehauen.«

»Audun, wo ist Audun?«, ruft Elin.

»Ich bin mir nicht ganz sicher, aber ich glaube, er liegt auf dem Scooterschlitten.«

Knutsen starrt Jørn an. »Was sagst du da?« Scooter? Helmmann? Dann klickt es bei ihm: Der Schneider. Das Handy. Die Colaflaschen. Der Helmmann, der ihn oben bei der Palasthütte übers Geländer geschubst hat. Der Schneescooter, der oberhalb der Schneehöhle stand, als sie ankamen. Line-Cathrine Sørensen.

»Ich hole den Yamaha. Dem fährt keiner davon. Jedenfalls nicht mit 'nem Schlitten«, ruft er Anne-Marit zu, während er sich seine Winterjacke schnappt und zur Tür läuft.

»Ich komme mit«, hört er hinter sich.

Er wirft einen Blick nach hinten und sieht, wie Jørn Haugen angelaufen kommt. Er hat jetzt keine Zeit für Diskussionen. Aber es kann gar nicht die Rede davon sein, dass er einen Passagier mitnimmt, wenn er auf Scooterjagd soll. Als er durch die Hoteltür hinausläuft, guckt der Mond hinter den dahinziehenden Wolken hervor. Mitternacht, denkt er. Bald kommt der Ostermorgen.

Sonntag

Eins

Trude weiß nicht, ob sie lachen oder weinen soll. Das wird eine merkwürdige Session in Zimmer 315. Sobald sich die Tür hinter ihnen schließt, verwandelt sich das weltgewandte Showtalent. Hacke wird unsicher. Er bleibt mitten im Zimmer stehen.

»Nun, was wolltest du mir zeigen?«, hatte sie ihn gefragt.

»Setz dich.«

Hacke hatte in seinem Rucksack herumgewühlt. Trude hatte sich hingesetzt und gespannt gewartet. Hacke war mit einem Blatt Papier zu ihr gekommen.

»Ich …«, hatte er unsicher angefangen, »… ich habe ein Lied geschrieben.«

»Schön«, hatte sie gesagt. »Lass mal sehen!«

Er hatte den Zettel wieder an sich gedrückt. »Ich weiß nicht, ob es wirklich eine so gute Idee war … es handelt von dir!«

Trude hatte aufgeschaut. Hacke war knallrot wie eine Tomate geworden. Und das kam nicht vom Tanzen.

»Nun sei kein Feigling. Zeig her.«
Hacke hatte schließlich nachgegeben. Er hatte den Bogen hochgehoben und vorgelesen. Sie wusste ja, dass das Ganze gut gemeint war, aber trotzdem war es ihr schwer gefallen, ernst zu bleiben bei all den unbeholfenen Formulierungen und holprigen Reimen, die da aus Hacke herauspurzelten. Während sie jetzt auf den Fahrstuhl nach unten wartet, versucht sie sich noch einmal an alles zu erinnern, aber es knüllt sich zu einem verzwickten Gewirr zerfranster Zeilen zusammen.

Du tanzt auf dem Board in der Pipe
Fliegst wie ein Steinadler hinauf
Die anderen fallen wie die Fliegen
Niemand kann es wie du
Niemand tanzt wie du draußen im Schnee
Fährst die Tricks wie niemand sonst
Du bist die Tänzerin, die draußen tanzt

Trude steigt in den Fahrstuhl und drückt aufs Erdgeschoss. Sie muss die anderen finden. Hacke tut ihr ein bisschen Leid, gleichzeitig war sie natürlich auch von dem Text geschmeichelt. Aber sie konnte ja nicht direkt losjubeln. Das war keine große Lyrik.
»Ein guter Entwurf«, hatte sie gesagt. »Wenn du noch ein bisschen an dem Rhythmus und den Reimen arbeitest und eine Melodie drunterlegst, dann kann was draus werden.«
Sie konnte nichts anderes sagen. Hacke hatte genickt, hatte hilflos mit dem Bogen in der Hand dagestanden.

»Ich habe mich ziemlich blamiert, oder?«
»Nein, nein …«
Aber sie konnte nicht lügen. Sie wusste, dass Hacke verstanden hatte, dass sie nicht so wahnsinnig begeistert war. Sie war aufgestanden.
»Wollen wir wieder runtergehen?«
Er hatte nur geschluckt. War ausgezählt.
»Wollen wir nicht noch ein bisschen hierbleiben?«, hatte er gefragt und den Zettel losgelassen.
Sie sah, wie das Blatt zu Boden schwebte und unter dem großen Doppelbett landete.
»Ich glaube nicht. Ich will lieber runter. Kommst du mit?«
Sie war zur Tür gegangen.
»Ich komme nach«, hatte Hacke zaghaft gesagt.
Dann war sie gegangen. Der Fahrstuhl hält im Erdgeschoss. Trude drückt die Tür auf und versucht einen Überblick über das Bild zu gewinnen, das sich ihr im Flur bietet. Die Polizeifrau mit dem Typen vom Skiverleih in Handschellen und Elin, die ziemlich fertig aussieht.
»Was ist los? Ist was passiert?«

❄

Jørn zieht sich die Jacke über, während er hinter Schnuffi herläuft. Er verliert seine Mütze, hat aber keine Zeit, sie wieder aufzuheben. Es klopft in der Stirn. Aber er will den Schmerz jetzt nicht zulassen. Wagt nicht stehen zu bleiben. Er hat seinen Blick fest auf Knutsen gerichtet. Begreift nicht, wie der Dicke so locker und schnell rennen kann.

Während er läuft, während der Wind flüstert und das schwache Hämmern aus der Beitohalle sich in die Nacht hinaus fortpflanzt, versucht er das Geräusch des Scooters einzufangen. Er dreht den Kopf und entdeckt ein flackerndes Licht, das den Hügel bei den Lifts hinaufklettert. Das kann nur der Helmmann sein. Und Audun. Jørn will Knutsen etwas zurufen, als er stolpert, nach vorn fällt und mit dem Kopf in einer Schneewehe landet. Er flucht und kommt wieder auf die Beine. Wo ist Schnuffi abgeblieben?

Elin schaut Trude verblüfft an.

❄

»Was sagst du da?«

»Ich war mit Hacke oben in seinem Zimmer. Aber keine Panik. Er wollte nur seine Poesie an mir testen.«

»Poesie?«

»Ein Songtext. Für mich. Na ja, war 'n bisschen peinlich. Forget it.«

Elin hört die Worte. Nimmt sie aber nicht auf. Etwas in ihr sperrt sich dagegen.

»In Nummer 315?«

»Ja. Warum?«

»Wo ist Hacke jetzt?«

»Im Zimmer und flennt. Aber wo sind Jørn und Audun?«

❄

Knutsen zieht die Plane von dem Yamaha. Jetzt musst du zeigen, was in dir steckt, denkt er, während er sich draufsetzt und startet. Der Motor schnurrt wohlwollend. Die hundert Pferde sind bereit für die Jagd. Er gibt Gas, schaltet das Licht ein, stellt seinen rechten Fuß auf die Erde, drückt das Gewicht auf den rechten Steuerski und gibt voll Gas. Der Scooter gehorcht. Das Licht huscht wie eine Säule in einem Halbkreis über die Hütten. Er macht eine Hundertachtziggrad-Wende und gibt Gas. Hat keine Ahnung, wo er eigentlich suchen soll. Er orientiert sich an dem Schneerand. Muss einen hohen Punkt finden. Übersicht bekommen. Da wächst aus dem Schnee vor ihm eine Person heraus. Knutsen weicht aus und erkennt Jørn Haugen, der sich mit winkenden Armen ihm in den Weg gestellt hat. Er geht vom Gas und dreht sich um. Der Junge folgt ihm.

»Haben Sie ihn gesehen?«

Knutsen schüttelt den Kopf.

»Ich weiß, wohin er gefahren ist«, ruft Jørn.

»Wohin?« Der Junge springt hinter ihn auf den Sattel.

»Geh runter! Das hier ist kein Spiel.«

»Das weiß ich auch. Sie fahren. Ich halte Ausschau. Vier Augen sehen mehr als zwei«, schreit er.

Knutsen muss schlucken. Er sieht ein, dass Jørn ein As im Ärmel hat, zumindest, wenn er wirklich gesehen hat, in welche Richtung der Scooter gefahren ist. Er darf mitfahren, bis sie Sichtkontakt haben, beschließt er.

»Okay. Wohin fahren wir?«

Jørn deutet zum Slalomhang und Knutsen gibt Vollgas.

❄

Elin läuft hinter der Polizeibeamtin Johansen her, die den Mann vom Skiverleih vor sich her schiebt.

»Gibt es nichts, was wir tun können?«

»Im Augenblick nicht.«

Elin trampelt mit den Füßen.

»Aber begreifen Sie nicht? Wir können doch nicht einfach zugucken. Wir müssen etwas tun.«

»Knutsen hat ein Funkgerät dabei. Darüber kann er uns zumindest auf dem Laufenden halten.«

»Na, komm schon«, sagt Elin und zieht Trude mit sich hinter der Polizistin her. »Wir bleiben bei ihr!«

❄

Er gibt alles her. Aber der Wind und der Schnee machen den Hang holprig. Die Schneestöße werfen sich ihm entgegen. Die Katze kämpft dagegen an. Gibt nicht auf und arbeitet sich bereitwillig voran, aber es ist unmöglich, hier hinauf richtig Fahrt zu machen, noch dazu mit dem Schlitten hinten dran. Der Schneider verflucht seine eigene Panik. Wieder hat sie ihn übereilt handeln lassen. Es hätte doch gereicht, einfach zurück ins Zimmer zu schlendern und dort abzuwarten, bis alles vorbei war. Jetzt kann er nur noch hoffen, dass Jon einen klaren Kopf bewahrt. Sie werden sich hier schon rausboxen. Er weiß das. Jetzt muss er noch das Problem auf dem Schlitten los werden, dann kann der Rest warten, bis alles sich etwas beruhigt hat.

Das Lager im Hotel ist gut getarnt. Er ist nicht erkannt worden.
Der Schneider gibt Gas und merkt, dass er auf dem Bergkamm angekommen ist. Er erkennt die Konturen der Liftmasten gegen den Sternenhimmel. Er holt sein Walkie-Talkie heraus und versucht Jon zu erreichen.

❄

Jørn klammert sich fest. Er hat keine große Wahl. Er muss seine Arme um Schnuffis Leib legen. Nicht gerade seine Traumfrau. Der Scooter hetzt den Hang hinauf. Er arbeitet schwer, aber gleichmäßig und gehorsam. Er hätte nie geglaubt, dass es möglich ist, mit einem Schneescooter so schnell zu fahren. Knutsen wird langsamer.
»Siehst du was?«, schreit er.
Jørn schaut den Horizont entlang, sieht aber nichts. Doch. Da hoch oben sieht er einen Moment lang einen schmalen Lichtstreifen, der sich durch die Nacht schneidet. Dann verschwindet er wieder. Das kann nur ein Scooter sein. Auf dem Bergkamm.
»Da«, schreit er und zeigt nach oben.
Knutsen nickt und fährt mit voller Kraft den Slalomhang hinauf.
»Warten Sie«, ruft Jørn und hämmert mit der Faust auf Schnuffis Schulter. »Es geht schneller, wenn wir die Pipe hochfahren.«
Knutsen verlagert das Gleichgewicht und der Scooter arbeitet sich den Hügel hinauf. Sie kommen am Ende

der Pipe an. Es scheint, als liege der Himmel wie ein Sternenstreifen über ihren Köpfen. Ein Streifen, der vorbeigezogen wird. Die Wände der Pipe ragen wie steife Wächter hoch auf. Sie brausen hindurch. Hinauf. Keine Zeit für einen Trick mit vielen Airs jetzt, fährt es Jørn durch den Kopf. Da entdeckt er, dass Knutsen direkt auf die Funbox zusteuert.
»NEIN!!!«

❄

Elin starrt auf das Walkie-Talkie, das auf dem Tisch liegt. Es sieht so aus, als hätte die Polizistin gar nicht gehört, dass jemand ruft. Sie ist voll und ganz mit dem Festgenommenen beschäftigt.
»Da ruft jemand«, ruft Elin ihr zu.
Die Polizistin nimmt das Walkie-Talkie. Wieder knackt es.
»Jon. Nun komm schon.«
Elin starrt auf den Finger, der einen Knopf drückt.
»Wo bist du?«
Es bleibt still. Sie hält die Luft an. Dann rauscht und knackt es.
»Scheiße!«
Die Verbindung ist unterbrochen.
Der Schneider schmeißt das Walkie-Talkie weg. Das kann nur bedeuten, dass sie Jon geschnappt haben. Na ja, er wird dicht halten. Und es gibt keine direkte Spur. Er dreht sich um, schaut zum Schlitten. Er weiß, was zu tun ist. Das ist zwar riskant, aber er wird es schon

schaffen. Genau genommen hat er gar keine andere Wahl. Aber wo?
Die steifen Finger schieben den Sichtschutz hoch und lassen die Nachtluft das Gesicht abkühlen. Ohne Fahroverall ist es eisig kalt. Die Wärme der Handgriffe hilft ein wenig, aber er kann nicht unendlich weiterfahren. Wo soll er den Schlitten abwerfen?

❄

Knutsen kann sich gerade noch rechtzeitig zur Seite legen. Sie treffen schräg auf den Aufbau und der Scooter kippt auf einen Lenkski und rutscht in voller Fahrt nach rechts ab, zum Birkenwald hin.
Er legt sein ganzes Gewicht auf die linke Seite und spürt, wie Jørn ihm folgt. Das Gewicht drückt den Scooter wieder auf beide Skier. Er beugt sich zur anderen Seite und sie fahren einen weiten Bogen, sodass ihnen die Birken gegen Gesicht und Hände streifen, aber sie fahren nicht gegen sie. Er jagt den Scooter erneut auf offenes Gelände und lässt ihn weiter zum Bergkamm hinaufklettern.

❄

Der Schneider dreht sich um und entdeckt das leuchtende Auge, das über den Bergkamm blinkt. Noch ein Scooter? Das muss ein Rowdyfahrer sein, denkt er und versucht, unabhängig davon nachzudenken. Er muss herausfinden, wohin er fahren soll. Wo ist das nächs-

te Lawinengebiet? Da wird das Brummen des anderen Scooters lauter. Er schaut sich um und entdeckt, dass der direkt auf ihn zu fährt. Das ist kein Rowdyfahrer. Das muss ein Bulle sein.
»Oh, verdammte Scheiße«, schreit er und fährt mit voller Geschwindigkeit los. Aber ich werde ihm mit meiner Maschine problemlos entwischen, denkt er und spürt, wie sein Herz klopft. Das gefällt ihm.

❄

Elin schaut sich ratlos im Raum um.
»Wo ist das Polizeifunkgerät? Können wir nicht Schnuffi anrufen?«
Die Polizistin wendet sich ihr zu und lacht laut auf.
»Schnuffi? Hast du Schnuffi gesagt?«
Elin nickt.
»So nennen wir ihn. Weil er immer auf den Straßen herumschnüffelt und weil der braune Saft ihm manchmal aus dem Mund tropft.«
Johansen schmunzelt, während sie das Funkgerät hervorholt.
»Er wird uns rufen, wenn es etwas Neues gibt.«

❄

Sie holen auf. Knutsen ist von Herzen froh, dass er den Yamaha hat, sonst hätte er gegen den Thundercat nicht die leiseste Chance. Jetzt fressen sie Meter für Meter den Abstand. Er liegt ruhig in der Spur des anderen

Scooters. Kann sehen, wie der Schlitten hin und her schleudert. Der ist zu schwer, um ihnen zu entkommen, auch wenn sie mit mehr als hundert Stundenkilometern vor ihnen davonrasen. Noch einen Kilometer in dieser Geschwindigkeit und sie haben den Scooter eingeholt.

❄

Der Schneider wirft einen Blick nach hinten. Er begreift nicht, wieso der Verfolger so nahe herankommt. Kapiert nicht, warum er nicht davonbrausen kann. Aber er hat keine Reserven mehr. Er muss sich bis aufs Äußerste konzentrieren, um das hier durchzustehen. Er braucht mehr Fahrt. Er hat keine andere Wahl. Er muss den Schlitten los werden.

❄

Plötzlich erlischt das Licht vor ihnen. Jørn spürt, wie Schnuffi automatisch Fahrt wegnimmt. Aber trotzdem geht es noch schnell genug weiter. Sie schießen über den Schnee voran. Das Kettenband dreht sich nach oben.
»Was ist los?«
Jørn schüttelt den Kopf.
»Keine Ahnung.«
Sie nähern sich dem Punkt, an dem das Licht verschwand. Hat er einen Motorschaden gekriegt? Da macht die Spur hinter einem kleinen Hügel eine scharfe Kurve. Der Yamaha folgt der Spur nach links. Immer noch mit reichlicher Fahrt.

»Pass auf!«, schreit Jørn plötzlich, als er den Schlitten quer in der Spur entdeckt.
Knutsen wirft den Scooter zur Seite. Sie stoßen gegen den Schlittenrand. Jørn wird nach vorn geworfen. Er landet im Schnee und alles wird schwarz. Sein Kopf ist in eiskaltem Schnee begraben. Aber er ist wach und bei Bewusstsein. Er befreit sich von der Schneelast.
Der Schlitten liegt auf der Seite. Das andere Scooterbrummen entfernt sich. Das Licht verschwindet. Knutsen liegt wie ein dunkler Klumpen auf dem weißen Schnee. Jørn kommt auf die Beine. Er weiß nicht, was er zuerst machen soll. Da hört er Schnuffi knurren und läuft zum Schlitten.
»Audun?«

❄

Der Schneider lacht höhnisch auf. Das lief ja wie geschmiert. Der Bulle hing wie eine Klette an ihm und er ist direkt in die Falle gebraust. So, das war's. Jetzt geht es nur noch darum zu verschwinden. Denn trotz allem hat ihn bisher niemand ohne Helm gesehen. Er muss es darauf ankommen lassen, ohne Licht zu fahren.
»Jetzt könnte ich ein wenig Hilfe von oben gebrauchen«, murmelt er.
Da schieben sich die Wolken zu Seite, der Vollmond badet die weiße Hochebene in seinem bleichen Licht. Der Schneider gibt Gas und braust davon.

❄

Knutsen preist den Sicherheitsknopf am Scooter. Wenn man den Lenker loslässt, bleibt die Maschine stehen. Er schüttelt den losen Schnee ab und schaut sich um. Wie ist es Jørn ergangen?

Er entdeckt den Jungen hinten bei dem umgekippten Schlitten, kommt selbst auf die Beine und stapft dorthin. Die ganze Zeit sinkt er tief in den Schnee ein und spürt, wie müde er doch ist. Zum Schluss muss er zum Schlitten kriechen.

»Bist du okay?«, keucht er.

Jørn nickt. Knutsen sieht, dass Jørn versucht, die Plane über dem Schlitten zu öffnen. Offensichtlich voller Spannung, was ihn dort erwartet. Aber gleichzeitig voller Angst. Er kämpft sich heran und hilft. Gemeinsam ziehen sie die Plane zur Seite. Der Junge liegt gegen den einen Schlittenrand gedrückt da.

»Audun?«

Knutsen hört, dass Jørn Haugens Stimme zittert. Er greift hinunter und tastet sich vor. Bekommt etwas Klebriges an die Finger. Blut?

Da kommt der Mond hervor und die Finger suchen den Hals. Suchen nach dem Puls. Finden ihn.

»Er lebt.«

❄

Elin ist außer sich vor Verzweiflung. Sie will etwas tun und erträgt es nicht, hier nur untätig herumzusitzen. Sie muss handeln, dabei sein. Die Angst ist jetzt wie weggeblasen. Das Adrenalin wird hochgepumpt. Die

Verzweiflung wächst. Da knackt es in dem tragbaren Funkgerät. Sie springt auf die Beine. Stellt sich direkt hinter die Polizistin und hört mit.
»Hier ist Knutsen. Bitte kommen!«
»Hier ist Johansen. Wo bist du?«
»Wir sind auf den Gardlimyrene.«
Elin spürt ein Brausen. Wir. Dann ist er also nicht allein.
»Wer ist wir?«
»Ich und die Jungs. Audun ist verletzt, aber er lebt und wird schon wieder werden. Aber ich brauche so schnell wie möglich Unterstützung.«
»Ich … wir brauchen jemanden, der Scooter fahren kann.«
Trude schiebt sich vor.
»Ich kann fahren.«
»Davon kann gar nicht die Rede sein. Ich werde jemanden anfordern, der …«
»Nein! Wir müssen jetzt fahren! Sofort!«, schreit Elin. »Und Trude kann Scooter fahren!«
Johansen denkt kurz darüber nach, dann nickt sie.

❄

Der Schneider flucht, als er das dahinhuschende Auge auf der Ebene hinter sich entdeckt. Jetzt verflucht er den Mond. Es gibt keine Stelle, wo er sich verstecken kann. Nur weiße Fläche. Er biegt zum Grønekinnkampen ab.
Immer wieder schaut er hinter sich und überlegt, was

für ein Scooter ihm da wohl auf den Hacken ist. Aber mit dem Thundercat kann es niemand aufnehmen. Er drückt voll durch. Selbst bei mehr als hundert Stundenkilometern spürt er noch die Beschleunigung. Er fährt schräg nach oben und merkt zu spät, dass sich die Unterlage löst und die Katze zur Seite rutscht. Er versucht den Scooter zur anderen Seite zu kippen. Der Lenkski trifft einen Eisklumpen und er wird in die Luft geschleudert. Vom Lenkrad weggerissen. Er meint den Himmel mit dem lächelnden Mond mal über und mal unter sich zu sehen, bevor er mit dem Kopf zuerst im Schnee landet. Die Luft wird ihm aus den Lungenflügeln gepresst. Die Katze murrt, dann wird es still. Er schnappt nach Luft. Versucht aufzustehen, aber sein Körper ist kraftlos. Gehorcht ihm nicht mehr. Dann hört er das Donnern, das immer mehr anschwillt. Der Schneider begreift noch, dass das Gebirge sein Maul aufreißt und ihn schlucken wird.

❄

Knutsen folgt den Spuren des anderen Scooters. Er fährt, so schnell er sich traut. Nach wenigen Minuten erleuchtet sein Scheinwerfer eine Schneewehe. Er hält an. Sieht, dass hier eine Lawine abgegangen ist. Sie ist nicht groß, aber er weiß, dass der Umfang allein nichts zu sagen hat. Dabei sind immer gewaltige Kräfte im Spiel. Hat der Schneider eine Lawine ausgelöst um zu entkommen? Da wird ihm einiges klar. Die Leiche. Die Schneelawine. Der Scooter oberhalb der Schneewehe. Knutsen wartet, bis sich der Schneenebel legt, dann fährt er vorsichtig weiter ins Lawinengebiet. Er folgt den Spuren in die Lawine hinein. Stellt den Motor ab. Horcht, kann aber nichts hören. Er startet wieder und umkreist langsam die Lawine, ohne eine Spur aus ihr heraus zu finden. Da entdeckt er den Scooter, der halbwegs im Schnee begraben liegt, mit dem Heck in der Luft. Der Schneider muss von der Lawine begraben worden sein.

Knutsen sucht sein Funkgerät und gibt Bescheid über die Lawine und meldet, dass er sofort eine Suchmannschaft braucht. Dann sucht er in dem Lawinengebiet mit dem Scheinwerfer seines Scooters. Ohne etwas zu finden. Er braucht Hilfe.

Da entdeckt er die Hand. Fünf gestreckte Finger, die aus dem Schnee herausragen. Er läuft darauf zu und gräbt mit den bloßen Händen den festgedrückten Schnee weg. Wie lange kann man unter dem Schnee überleben?, denkt er, während er sich den Arm entlanggräbt. Er muss den Kopf freilegen.

Der Schnee ist hart wie Stein gepresst, deshalb braucht er mehrere Minuten, bis er den Helm frei bekommt. Knutsen löst den Riemen und zieht den Helm ab. Morten Rønning sieht ihn mit zwei starren, leeren Augen an. Knutsen ruft und legt die Finger an den Hals, um den Puls zu kontrollieren. Aber er findet keinen. Er lässt den Kopf los, der willenlos zur Seite kippt.

Zwei

Jørn beugt sich vor und bringt das Brett in Fahrt. Er pumpt um in der Pipe genug Fahrt zu kriegen. Er hat die perfekte Balance. Das Brett ist spitzenmäßig präpariert. Er wird jetzt den Supertrick schaffen. Ein Tweak Indy ist dagegen nur Babykram. Er hat klasse Fahrt drauf und prima Kurven, pumpt noch ein paar Mal. Spannt die Muskeln an und macht sich für einen Riesensprung bereit, als er direkt in die Luft gehoben wird, wieder zurückgeworfen und wieder am Start ankommt, mit voller Fahrt auf die Pipe zu. Nur diesmal schneller. Die Rinne ist auch doppelt so groß geworden. Jørn konzentriert sich und bremst ein wenig ab. So große Geschwindigkeit kriegt er nicht mehr in den Griff. Er spannt die Muskeln an. Geht den Trick im Kopf durch, als die Steigung anfängt. Da wird er wieder zurückgeworfen. Und wieder und wieder, bis er in einer wahnsinnigen Geschwindigkeit auf dem Weg zur Pipe ist, das Gleichgewicht verliert, nicht mehr bremsen kann, gegen den Rand rast, drüber hinausschießt, das Gewicht verlagert sich nach hinten und er fällt und fällt, kommt aber nie auf dem Boden auf – denn er wird immer wieder herumgewirbelt und könnte plötzlich kübelweise Airs machen – und steigt und steigt und grabbt das Snowboard, dreht sich und rast wieder nach unten. Da ist die Pipe weg. Er ist auf voller Fahrt in eine donnernde Schneelawine hinein und kann nichts tun, um den Fall aufzuhalten, und er spürt, wie die gewaltigen Kräfte seine Arme packen, ihn schütteln, und er mobilisiert seine letzten Kräfte um sich loszureißen. Und schlägt mit dem Kopf gegen das Etagenbett.

»Meine Güte. Du hast vielleicht geträumt!«

Jørn sieht sich verwirrt im Zimmer um. Es ist fast dunkel. Schließlich erkennt er die Schlafkammer in der Hütte wieder. Er sieht Audun, der kichernd neben seinem Bett steht. Der weiße Verband leuchtet wie ein weißes, unberührtes Feld auf seiner Stirn.

»Ich dachte, es wäre besser, dich wach zu rütteln. Schließlich sind wir ja nicht zum Schlafen hier. War nicht geplant, auch ein bisschen zu spielen?«

Jørn schüttelt seinen Kopf frei. Wirft die Beine über die Bettkante, stellt die Füße auf den Boden. Dann fällt ihm alles ein. Die Nacht mit der Schneescooterjagd. Audun unter der Plane auf dem Schlitten. Trude und die Polizeibeamtin, die kamen um sie mit dem Scooter zu holen. Die eiskalte Fahrt zurück. Erst da hatte er gemerkt, wie nass und kalt ihm war. Er hatte sein T-Shirt aufgerissen und daraus einen provisorischen Verband für Audun gemacht. Sie waren zurechtgekommen und die Fahrt zurück verlief ohne Probleme. Danach gab

es neue Erklärungen und eine ärztliche Untersuchung mit gerunzelter Stirn für Audun, bevor sie dann gegen Morgen endlich wieder in ihre Hütte zurückgebracht wurden.
»Wie spät ist es?«
Audun lacht.
»Der Ostermorgen ist schon lange vorbei. Es ist jetzt halb fünf.«
»Halb fünf?«
»Genau. Wir anderen sind wach und bereit. Aber es ist ja kein richtiges Spielen ohne dich. Kommst du?«
»Ja, klar. Ich muss nur erst aufs Klo und mir kaltes Wasser ins Gesicht schütten.«

❄

Polizist Knutsen schiebt sich eine Prise unter die Lippe.
»Nun bist du wohl zufrieden, Schnuffi?«, lacht Anne-Marit Johansen und zwinkert ihm zu.
Knutsen merkt, wie er rot wird, versucht aber schnell an etwas anderes zu denken.
Jon Strøm-Andersen hat frei von der Leber weg geplaudert, um selbst so billig wie nur möglich davonzukommen. Es gibt keinen Zweifel, dass Rønning selbst der Kopf hinter dem flüssigen Dope war. Sie haben das Lager in Kartons gefunden, die mit der Aufschrift »Kartoffelchips« versehen waren. Nicht schlecht. Es waren noch reichlich Flaschen übrig gewesen, der Handel war wohl doch nicht so großartig verlaufen.
Audun hatte ihnen alles erzählt und ihnen den Post-it-

Zettel von Zimmer 315 gegeben. Anne-Marit hatte einen Pfiff ausgestoßen, als sie den sah.
»Dann war es sicher auch Rønning, der die Nachricht auf den Laptop eingetippt hat«, erklärte sie. »Eigentlich hätten wir sofort darüber stolpern müssen. Eine professionelle Journalistin macht doch nicht solche Fehler. Und die passen aber wiederum prima zu dem Fehler auf dem Post-it-Zettel von Zimmer 315.«
»Genau. Und außerdem hätte sie bestimmt mit ihrem Rufnamen unterschrieben. Liss.«
Nachdem der Bericht geschrieben ist, versuchen sie eine Zusammenfassung aufzustellen.
»Es gibt immer noch einige Fragen, auf die wir nie eine Antwort kriegen werden. Warum hat er sie weggeschafft?«
»Das ist die Frage. Rønning muss in Panik geraten sein.«

❄

Elin lässt die Finger über die Tasten tanzen. Sie genießt es, die Gedanken einfach wandern zu lassen, während sich die Töne von den Fingerspitzen auf die Tasten schleichen und immer weiter. Weiter und weiter. Sie spielt gerade eine Fanfare, als Jørn noch ganz verschlafen ins Zimmer trottet.
»Ich komme gleich«, sagt Jørn und verschwindet nach draußen.
Das Wetter hat sich wieder verschlechtert und der Wind braust sofort durch die geöffnete Tür herein.

Zum Glück sind alle vier heil davongekommen. Abgesehen von Audun, der seine Fassade mit fünf Stichen in der Stirn hat reparieren lassen müssen.
»Wahrscheinlich auch noch eine Gehirnerschütterung«, erklärte Audun, als er mit der weißen Fahne auf der Stirn herauskam. »Aber es ist wohl nicht so schlimm, wenn der Inhalt mal ein bisschen durchgeschüttelt wird. Shaken, not stirred!«
Morgen fahren sie nach Hause. Aber bei dem Wetter, das draußen herrscht, ist sowieso keine Rede davon, einen Ausflug zu machen. Nicht einmal auf den Abfahrtshang. Elin meint, für die vier ist es das Beste, den Tag vor dem Kamin zu verbringen.
Die Palasthorde war kurz bei ihnen und hat sich für diese Ostern verabschiedet. Sondre Wikdahl war ziemlich blass um die Nase. Sie haben erklärt, sie würden sich freuen, die vier nächstes Jahr wieder zu treffen, aber Elin selbst kann ihre Begeisterung bei dieser Vorstellung gerade noch bremsen. Als sie Trude nach Hacke fragte, schüttelte diese nur den Kopf.
»Mal sehen. Vielleicht taucht er ja eines Tages auf«, sagte sie nur und spielte weiter.
Elin selbst hat endlich Joachim angerufen. Sie haben fast eine Stunde miteinander geredet. Er freut sich drauf, wenn sie zurück kommt. Er muss ihr etwas zeigen. Aber er wollte nicht mit der Sprache heraus, was das ist, trotzdem hat Elin begriffen, dass es wichtig für ihn ist. Vielleicht ja auch für sie?
Audun greift den Bass, schaltet den Strom ein und stimmt das Instrument. Er fängt an mit einem Thema

zu improvisieren. Sie hört zu und versucht ihm zu folgen. Trude hängt sich dran und zieht die ganze Zeit das Tempo an. Das wird zu einer spielerischen Jagd nach Akkorden und Tönen, die so lange an Tempo zunehmen, bis es keiner mehr schafft, dranzubleiben und sich alles in Gelächter auflöst.
»Kommt Jørn jetzt bald, oder was?«

❄

Jørn ist auf der Veranda stehen geblieben und schaut auf Beitostølen hinunter. Es ist nicht so viel mit dem Übungsspiel geworden, wie er gehofft hatte. Aber es ist gar nicht sicher, ob die Band überlebt hätte, wenn sie sich nur da reinverbissen hätten. Die letzten Tage haben sie sonderbarerweise viel mehr zusammengeschweißt. Jetzt haben sie zumindest eine Chance. Er lächelt und geht hinein.
»Whow, ihr spielt ja echt geil!«

Christian Lehmann

Spiel um dein Leben

Ein Computerthriller

Band 80313

Als Thierry, Eric und Andreas aus London ein Computerspiel mitbringen, ahnen sie noch nicht, dass es das gefährlichste Spiel des Universums ist. Sie können wählen zwischen Nahkampf, Strategie- und Endspiel. Aber irgendetwas stimmt nicht. Das Spiel lässt sich nicht mehr von der Festplatte löschen. Und es zeigt immer Bilder, die aus dem Inneren des Spielers kommen. Plötzlich schwindet die Grenze zwischen Spiel und Realität und sie müssen um ihr Leben spielen.

generation

fi 6055 / 2